NOVAS AVENTURAS DE RAFFLES

Título original:
Raffles

Autor:
E. W. Hornung

Tradução:
Marília Costa Fontes

Revisão:
Joana Baudouin

Capa:
Susana Villar

ISBN:
978-989-9159-64-8

Depósito Legal n.º AAAAAA/24

Paginação:
Patrícia Boleto

Impressão e acabamento:
?????

para
Minotauro
janeiro de 2024

MINOTAURO, uma chancela de Edições Almedina, S.A.
Avenida Emídio Navarro, 81, 3.º D
3000-151 Coimbra – Portugal

NOVAS AVENTURAS DE RAFFLES

E. W. HORNUNG

MINOTAURO

ÍNDICE

A prenda do Imperador

— I —

Quando o rei das ilhas Canibal dirigiu uma careta à rainha Vitória, e um monarca europeu mandou um telegrama felicitando-o pela proeza, em Inglaterra a indignação não foi menor do que a surpresa, pois tal procedimento não era tão vulgar como se tornou a partir daí. Mas, quando transpirou que uma prenda de particular significado vinha a seguir às felicitações, para lhes dar peso, prevaleceu a conclusão de que o dignitário branco e o dignitário negro tinham simultaneamente perdido o juízo. Pois a prenda era uma pérola de preço sem paralelo, retirada anteriormente por sabres britânicos de uma guarnição polinésica, e oferecida pela Coroa inglesa ao soberano que aproveitou esta oportunidade para a devolver ao seu possuidor original.

Uma semana mais tarde, o incidente tornava-se uma dádiva do céu para a imprensa. Mesmo em junho havia artigos de fundo, cartas, títulos; o *Daily Chronicle* devotou metade da sua própria página literária a um desenho encantador da capital da ilha que o novo *Pall Mall*, num destacado artigo, encimado por um trocadilho, aconselhava o Governo a estoirar em pedaços. Eu próprio, na altura, colaborava num pequeno mas sério jornal e o assunto do momento inspirou-me uns quantos versos satíricos que obtiveram mais êxito do que tudo o que anteriormente escrevera. Abandonara o meu apartamento na cidade, e arranjara alojamento em conta em Thames Ditton, a pretexto de uma desinteressada paixão pelo rio.

— Excelente escolha, meu velho — comentou Raffles (que precisara de se encontrar comigo), deitado de costas no barco, enquanto eu remava e o dirigia. — Suponho que lhe pagam bem por isto, hã?

— Nem um tostão.

— Tolices, Bunny! Acaso disse que pagavam tão bem? Dê-lhes tempo e terá o seu cheque.

— Oh, não, não terei — respondi soturnamente. — Tenho de me contentar com a honra de ter colaborado; o editor escreveu-me a dizer isso, de forma circunloquial — acrescentei. — Mas dei ao cavalheiro o que merecia.

— Pretende dizer-me que já escreveu a pedir o pagamento?

Na verdade, seria a última coisa que eu tencionava fazer, mas fizera-o. O mal estava feito, e não valia a pena ocultá-lo. Escrevera a pedir o dinheiro, porque realmente precisava dele; com efeito, estava nas «lonas». Raffles acenou com a cabeça como se já soubesse. Senti-me penalizado pelas minhas próprias aflições. Não era fácil cumprir um dever quando se era um inexperiente amador das letras; quanto a mim, acho que nem escrevia suficientemente bem nem suficientemente mal para obter o necessário sucesso. Sofria de uma persistente e ineficaz procura de estilo. Com versos ainda me safava; mas não era pago. Quanto ao jornalismo sensacionalista e despudorado, não me tentava.

Raffles acenou com a cabeça mais uma vez, desta vez com um sorriso que permaneceu nos seus olhos enquanto se inclinava para trás e me observava. Sabia que ele estava a pensar noutras coisas para que eu me tentara, e pensei que sabia o que ia dizer. Já o dissera antes tantas vezes; de certeza que o ia dizer de novo. Tinha a resposta pronta, mas evidentemente que ele estava cansado de fazer sempre a mesma pergunta. As suas pálpebras desceram, apanhou o jornal que deixara cair e eu remei ao longo do velho paredão vermelho do Hampton Court, antes de ele falar novamente.

— E eles não lhe deram nada pelos versos! Meu caro Bunny, são muito bons, não só pela sua qualidade, mas por tornarem claro e resumirem bem o assunto. Certamente que me ensinaram mais acerca do caso do que sabia antes. Mas... essa única pérola valerá realmente cinquenta mil libras?

— Acredito mesmo que valha o dobro. É difícil avaliar.

— Cem mil libras! — exclamou Raffles, com os olhos fechados. E mais uma vez eu tive a certeza do que se seguiria, mas novamente estava errado. — Se vale tudo isso — exasperou-se por fim — não a devíamos ter oferecido; não é como um diamante, que pode ser dividido. Porém, desculpe, Bunny. Já tinha prometido não voltar ao assunto.

E não falámos mais na prenda do imperador; pois o orgulho floresce nos bolsos vazios, e nenhuma provação me levaria a aceitar a proposta que esperava que Raffles me fizesse. Começava a compreender que a minha expectativa era, afinal, esperança. Mas nenhum de nós tocou novamente no que Raffles declarara ter esquecido — a minha «apostasia», a minha «queda para a virtude», como lhe chamava. Estivemos ambos um pouco em silêncio, um pouco constrangidos, cada um preocupado com os seus próprios pensamentos. Há meses que não nos víamos e, quando às onze da noite daquele domingo se despediu, calculei que só passados meses nos voltaríamos a encontrar.

Mas, enquanto esperávamos pelo comboio, vi aqueles olhos claros espreitando-me sob as lâmpadas da estação e, quando os encarei, Raffles abanou a cabeça.

— Não está com muito bom aspeto, Bunny — comentou. — Nunca acreditei neste Thames Valley. Tem de mudar de ares.

Desejei poder fazê-lo.

— O que você precisava realmente era de fazer um cruzeiro.

— E um inverno em St. Moritz? Ou recomenda-me Cannes ou o Cairo? Está tudo muito bem, A. J., mas esqueceu-se do que lhe disse acerca dos meus fundos.

— Não esqueci nada. Simplesmente não quero magoar os seus sentimentos. Mas, ouça lá, irá fazer uma viagem por mar. Eu próprio quero uma mudança, e virá comigo como convidado. Vamos passar julho no Mediterrâneo.

— Mas vai jogar críquete...

— Que se lixe o críquete!

— Bem, se eu pensasse que realmente quer...

— Claro que quero. Vem?

— Sem hesitações... se você for!

Apertei-lhe a mão e acenei-lhe um adeus com uma convicção perfeitamente bem-humorada de que não voltaria a ouvi-lo falar do assunto. Tratara-se, apenas, do desejo de um momento. Em breve ansiei que fosse algo mais: a semana seguinte veio-me encontrar com vontade de sair de Inglaterra de vez e para sempre. Não estava a fazer nada. Só conseguia subsistir com a diferença entre a renda que pagava pelo meu apartamento e a renda pela qual o subalugara, mobilado, para a estação. No entanto, a estação estava a chegar ao fim e os credores esperavam-me na cidade. Seria possível ser inteiramente honesto? Nunca contraíra dívidas quando tinha dinheiro nos bolsos, e a mais completa desonestidade parecia-me menos vergonhosa.

Mas de Raffles, claro, não tive mais notícias; passou uma semana e metade de outra; depois, já tarde, na noite da segunda quarta-feira, encontrei no meu alojamento um telegrama seu, depois de ter andado em vão à procura dele na cidade e de ter jantado com desespero no clube solitário a que ainda pertencia.

«Tudo arranjado para deixar Waterloo expresso, North Geman Lloyd, nove e vinte e cinco da manhã, próxima segunda, encontro-me Southampton a bordo *Uhlan* com bilhetes, segue carta», rezava o telegrama.

E escreveu mesmo uma carta bastante breve, mas repleta de séria solicitude por mim, pela minha saúde e pelo meu futuro; uma carta quase comovedora à luz das nossas relações passadas, agora no crepúsculo da sua quase rutura. Dizia que tinha reservado dois beliches para Nápoles, e que iríamos para Capri que era claramente a ilha dos «bons-garfos», que podíamos torrar lá ao sol juntos, «e por uns tempos esquecer». Era uma carta encantadora. Nunca conhecera a Itália; cabia-me o privilégio do seu convite. Não havia maior erro do que imaginar que era um país impossível no verão. A baía de Nápoles nunca estivera tão divina, e falava de «terras de sonho abandonadas», como se a poesia tivesse invadido a sua caneta. Para voltar a aspetos mais prosaicos, poderia pensar que não era patriótico da parte dele escolher um navio alemão, mas nenhuma outra linha nos dava tanta atenção e conforto a troco do nosso dinheiro. Havia uma indicação de razões mais fundamentadas. Raffles escreveu, tal mo telegrafara, de Bremen; e calculei que movera influências junto das autoridades de lá para conseguir uma redução substancial das nossas tarifas.

Imaginem a minha excitação e deleite! Consegui pagar o que devia em Thames Ditton, espremer a um pequeno editor um cheque muito pequeno e levar o meu alfaiate a fazer-me mais um fato de flanela. Lembro-me de que gastei o meu último soberano numa caixa de cigarros *Sullivan* para Raffles fumar na viagem. Todavia, o meu coração estava tão leve como a minha bolsa na segunda de manhã, a manhã mais bonita de um verão feio, quando o expresso me levou rapidamente para a costa.

Uma falua esperava-nos em Southampton. Raffles não estava a bordo, nem eu procurei por ele até acostarmos ao paquete. E então procurei-o em vão. A sua cara não estava entre as muitas que guarneciam a amurada; a sua mão não estava entre as poucas que acenavam para os amigos. Trepei para bordo com uma súbita apreensão. Não tinha bilhete, nem dinheiro para o comprar. Nem sequer sabia o número do meu camarote. Estava com o coração na boca quando esperei por um criado e lhe perguntei se um Sr. Raffles estava a bordo. Graças a Deus, estava! Mas onde? O homem não sabia; andava à procura de outro passageiro, e cabia-me andar à procura de Raffles. Mas não havia sinal dele no tombadilho, nem lá em baixo, no salão; a sala de fumo estava sem gente à exceção de um pequeno alemão de bigode ruivo revirado para cima; Raffles também não se encontrava na sua própria cabina, cuja localização, no meu desespero, conseguira apurar. De qualquer forma, já me dava uma certa tranquilidade avistar o seu nome na bagagem. Não conseguia, contudo, descortinar o motivo por que se mantinha escondido. Só poderosas razões permitiriam uma explicação para tal atitude.

— Então está aí! Tenho andado à sua procura por todo o navio!

Apesar da proibição explícita, até o tentara procurar na ponte, como último recurso; e lá estava, na verdade, A. J. Raffles, encostado a uma escotilha e inclinado sobre uma das longas cadeiras dos oficiais, na qual estava reclinada uma rapariga de saia-casaco branco... uma rapariga de pele pálida, cabelo escuro e uns olhos notáveis. Reparei nisso tudo conforme ele se virou rapidamente e se levantou; seguidamente, não consegui pensar em nada a não ser na repentina careta que precedeu o aparecimento dum bem fingido espanto.

— Por aqui... Bunny? — exclamou Raffles. — Donde chega você?

Gaguejei qualquer coisa enquanto ele me apertava a mão.

— E vem neste navio? E também para Nápoles? Bem, que coincidência! *Miss* Werner, posso apresentar-lhe o meu amigo? E fê-lo sem corar, descrevendo-me como um velho companheiro de escola que já não via há meses, com pormenores gratuitos que me encheram imediatamente de confusão, suspeita e revolta. Senti-me corar por ambos, mas não me importei. A minha interlocutora desinteressou-se completamente, e eu não fiz nenhum esforço para recuperar o seu interesse. Tudo o que fazia era mastigar as palavras que Raffles praticamente punha na minha boca e, receio, que com uma irreverência demoníaca.

— Então viu o meu nome na lista de passageiros e veio-me procurar? Meu velho Bunny! Bem gostava que pudesse compartilhar da minha cabina! Tenho uma que é uma beleza, no tombadilho, mas não me garantiram que ficasse sozinho. Temos de ver isso antes que me ponham lá um estranho. De qualquer maneira temos de resolver isto.

O contramestre tinha entrado na casa do leme e, mesmo enquanto tínhamos estado a falar, o piloto ocupara a sua posição na ponte; quando descíamos, a falua afastou-se com lenços esvoaçantes e gritadas despedidas; e, enquanto fazíamos uma vénia a *Miss* Werner, no tombadilho começou a sentir-se um profundo e lento trepidar debaixo dos pés, e a nossa viagem começou.

As coisas não começaram agradavelmente entre Raffles e eu. No tombadilho ele tinha reprimido a minha obstinada perplexidade à força de uma jovialidade forçada; na cabina deixou os subterfúgios.

— Seu idiota! — rosnou. — Deixou-me ficar mal outra vez!

— Como o deixei ficar mal?

Ignorei o insulto inicial.

— Como? Eu pensei que qualquer bronco conseguia perceber que nos devíamos encontrar por acaso!

— Depois de ter você os bilhetes?

— Eles a bordo não sabem nada disso; além do mais, ainda não decidira quando comprava os bilhetes.

— Então devia ter-me informado da situação. Estabelece os seus planos, nunca me diz nada e espera que eu os adivinhe por obra e graça do Espírito Santo. Como queria que eu adivinhasse que estava a magicar qualquer coisa?

A minha revolta surtiu algum efeito. Raffles baixou a cabeça.

— O facto é que não queria que você, Bunny, soubesse. Você tornou-se num cavalheiro tão cumpridor com a idade!

O meu diminutivo e o seu tom de voz foram o suficiente para me amolecer; havia ainda outras coisas, mas tive de o perdoar.

— Se estava com medo de escrever — continuei —, era sua obrigação dar-me a entender assim que eu pusesse um pé a bordo. Teria aceitado bem isso. Também não sou assim tão virtuoso.

Era minha imaginação ou Raffles pareceu mesmo ligeiramente espantado? Se assim aconteceu, foi a primeira e última vez em todos os anos em que o conheci; nem mesmo agora o posso jurar.

— Isso — retorquiu — era precisamente o que pensava fazer... ficar no meu quarto e esperar que você passasse, mas...

— Tinha um compromisso melhor?

— Não compreendo!

— A encantadora *Miss* Werner?

— É mesmo encantadora.

— A maioria das raparigas australianas são-no — respondi.

— Como sabia que ela o era? — exclamou.

— Ouvi-a falar.

— Que estúpido! — disse Raffles, rindo. — Não tem mais sotaque do que você. A família é alemã, andou na escola em Dresden e viaja sozinha.

— Dinheiro? — inquiri.

— Diabos o levem! — respondeu-me e, embora estivesse a rir, pensei que era altura de mudar de assunto.

— Bem — ripostei —, não foi por causa de *Miss* Werner que você pretendia que fingíssemos de estranhos ou foi? Tem uma jogada qualquer em vista, não é?

— Suponho que tenho.

— Então, não é melhor dizer-me o que é?

Raffles olhou-me com aquele já velho ar de cautelosa indagação que eu conhecia tão bem; esse aspeto familiar, depois de tantos meses, levou-me a sorrir de um modo que o sossegou, pois eu já adivinhara obscuramente o seu projeto.

— Não se vai embora no barco dos pilotos, Bunny?

— Acho que não.

— Então... lembra-se da pérola de que escreveu...

Não esperei que ele acabasse a frase.

— Tem-na! — exclamei com a cara a arder, pois tinha olhado por um momento para o espelho do quarto.

Raffles parecia surpreendido.

— Ainda não — respondeu-me. — Mas tenciono obtê-la antes de chegar a Nápoles.

— Está a bordo?

— Sim.

— Mas como... onde é que está?

— Tem-na um oficial alemão, um pretensioso de bigodes arqueados.

— Vi-o no salão de fumo.

— É esse tipo; está sempre lá. *Herr* comandante Wilhelm von Heumann, se for ver à lista. Bem, é o enviado especial do imperador e traz a pérola consigo.

— Descobriu isso em Bremen?

— Não, em Berlim, através de um jornalista meu conhecido. Tenho vergonha de lhe dizer, Bunny, mas fui lá de propósito!

Desatei a rir.

— Não precisa de ter vergonha. Está a fazer precisamente o que esperava que fizesse. Esperava que o tivesse proposto da outra vez, junto ao Tamisa.

— Estava a ansiar por isto? — inquiriu Raffles com os olhos muito abertos. Realmente era a vez de ele mostrar surpresa, e de eu aparentar uma vergonha que não sentia.

— Sim — respondi. Agradava-me muito a ideia; mas não a ia propor.

— No entanto, ter-me-ia ouvido dessa vez?

Claro que teria, e disse-lho sem reservas; não descaradamente, compreendem; nem mesmo agora, com a voz sonora de um homem que saboreia uma tal aventura; mas disse-o obstinadamente, de uma forma desafiadora, por entre dentes, como alguém que tentou viver honestamente e falhou. E, além de confessar isto, disse-lhe muito mais. Com bastante eloquência, ouso dizer, dei-lhe todos os pormenores da minha luta sem esperança, da minha inevitável derrota; pois eram sem esperança e inevitáveis para um homem com o meu passado, embora esse passado só estivesse escrito na nossa alma. Era a velha história do ladrão a tentar tornar-se num homem honesto. A coisa era contra a natureza e tinha de conhecer um fim. Raffles discordava inteiramente. Abanou a cabeça em relação ao meu ponto de vista convencional. A natureza humana era um tabuleiro de jogo de damas; porque não nos reconciliarmos alternadamente com o branco e o preto? Porquê desejar ser só uma coisa ou outra, como os nossos antepassados nas peças de teatro ou nos romances antigos? Pela sua parte, divertia-se em todos os quadrados do tabuleiro e preferia a luz à sombra. Considerava absurda a minha conclusão.

— Mas está em boa companhia, Bunny, pois todos os moralistas baratos pregaram os mesmos disparates; o velho Virgílio foi o primeiro e pior pecador de todos vós. Estou preparado para entrar em Averno no dia que quiser e, mais cedo ou mais tarde, hei de chegar lá. Claro que não posso constituir uma sociedade anónima de responsabilidade limitada. Mas podia-me reformar e assentar e viver para sempre sem remorsos. Não tenho a certeza de conseguir essa situação só com esta pérola!

— Então já não pensa que é demasiado importante para ser vendida?

— Nós podemos apanhar um grande peixe com um engodo barato. Depois de meses de miséria, precisamente quando nos preparávamos para encerrar o negócio; por Júpiter, seria o assunto de conversa no Pacífico!

— Bem, primeiro temos de o apanhar. Este von não-sei-quantos é um tipo fora de série?

— Mais do que parece; e tem um grande descaramento!

Enquanto falava, uma saia branca esvoaçou passando à frente da porta do quarto e, logo atrás, vi num relance passar um tipo com um bigode arqueado.

— Mas será com o fulano que temos de lidar? Não estará a pérola à guarda do comissário de bordo?

Raffles ficou parado ao pé da porta com um olhar carrancudo, mas, por um instante, virou-se para mim aspirando o ar pelo nariz.

— Meu bom amigo, supõe que toda a gente a bordo sabe que há aqui uma joia tão preciosa? Você disse-me que valia cem mil libras; em Berlim garantiram-me que nem tem preço. Duvido que o comissário de bordo saiba que von Heumann a traz consigo.

— E trá-la?

— Deve tê-la. Então só temos de lidar com ele?

Respondeu-me sem uma palavra. Algo de branco e esvoaçante passava outra vez, e Raffles, indo no seu encalce, aumentou para três o número dos que passeavam.

— II —

Eu não peço para pôr pé a bordo de um navio a vapor melhor que o *Uhlan* da Norddeutscher Lloyd, para encontrar um homem mais amável do que aquele que era o seu comandante ou melhores sujeitos do que os seus oficiais. Isto, pelo menos, tenho a obrigação de admitir. Detestei a viagem. Não foi por falta de ninguém relacionado com o navio; nem do tempo, que foi monotonamente ideal. Nem a razão residiu no meu próprio coração; eu e a minha consciência estávamos por fim divorciados, sem remissão. Com os meus escrúpulos desaparecera também o meu medo, e eu estava pronto para me divertir entre o céu brilhante e o mar reluzente com a ligeireza do próprio Raffles. Foi ele mesmo que mo impediu, mas não só. Foi Raffles e aquela rapariga das colónias que regressava a casa, depois dos estudos.

O que ele podia ver nela... mas essa é a questão. Claro que não via mais do que eu, mas para me aborrecer ou talvez para me castigar pela longa deserção, virou-me as costas e dedicou-se a esta criançola de Southampton até ao Mediterrâneo. Estavam sempre juntos. Era demasiado absurdo. Começavam depois do pequeno-almoço e continuavam até às onze ou meia-noite; não havia nenhum momento livre em que não se ouvisse o riso nasal dela ou a voz calma dele dizendo doces disparates ao seu ouvido. Claro que eram disparates! É concebível que um homem como Raffles, com o seu conhecimento do mundo e a sua experiência de mulheres (uma faceta da sua personalidade na qual eu propositadamente nunca tinha tocado, pois merecia outro volume), é crível, pergunto eu, que um tal homem arranjasse outros motivos de conversa além de trivialidades para falar o dia todo com uma estudante jovem e frívola? Não quero ser injusto para as pessoas. Acho que admiti que a jovem tinha qualidades. Os seus olhos, suponho, eram realmente belos e, certamente, a forma da sua pequena face era encantadora, tanto quanto um simples perfil pode encantar. Admito também que mais corajosa do que eu pensava, com uma saúde, energia e vitalidade invejáveis. Posso não ter ocasião para relatar algum dos discursos desta jovem (se assim se pode dizer) e sou o primeiro a desejar descrevê-la sem injustiça. Confesso ter algum preconceito contra ela. Ressinto-me do seu sucesso com Raffles, a quem, por consequência, eu via cada dia menos. É feio ter de o admitir, mas deve ter havido qualquer coisa parecida com o ciúme a agitar-se dentro de mim.

Ciúme havia também noutro quadrante — cru, excessivo e não dignificante. O comandante von Heumann torcia os seus bigodes em duas espirais gémeas, puxava os punhos brancos para cima dos anéis e fixava-me insolentemente através dos óculos sem aros; devíamo-nos ter consolado um ao outro, mas nunca trocámos uma sílaba. O comandante tinha uma cicatriz profunda que lhe atravessava uma das faces, um presente de Heidelberg, e eu imaginava como ele gostaria de ter encontrado Raffles lá para lhe fazer o mesmo. Na verdade, Raffles dava-lhe boas oportunidades várias vezes por dia, pelo prazer maligno de lhe desfeitear o jogo quando estava quase a concretizar a jogada; foram essas as suas palavras quando eu o acusei desajeitadamente de uma conduta odiosa para com um alemão num navio germânico.

— Vai-se tornar antipático a bordo!

— Só para von Heumann.

— Mas será isso sensato quando é ele o homem que temos de burlar?

— A coisa mais sensata que eu já fiz. Ter acamaradado com ele teria sido fatal... seria o expediente do costume.

Fiquei consolado, encorajado, quase contente. Tinha receado que Raffles estivesse a negligenciar as coisas e dissera-lhe isso encolerizado. Aqui estávamos nós perto de Gibraltar e nem uma palavra trocávamos desde há vários dias. Ele abanou a cabeça com um sorriso.

— Temos muito tempo, Bunny, muito tempo. Não podemos fazer nada antes de chegarmos a Génova e isso acontecerá no domingo à noite. A viagem mal começou e nós dispomos de tempo; vamos tirar o melhor partido da coisa enquanto pudermos.

Conversámos, assim, depois do jantar, no tombadilho e, enquanto Raffles falava, olhava constantemente para um lado e para o outro. De súbito, abandonou-me, afastando-se com passadas enérgicas. Retirei-me para um recanto da sala de fumo, para fumar, ler e ver se lobrigava von Heumann que, muito em breve, apareceu para beber cerveja, aparentando mau-humor.

Poucos passageiros procuravam o Mar Vermelho no meio do Verão; o *Uhlan* ia realmente muito vazio. Tinha, no entanto, só um número limitado de cabinas livres no tombadilho, e esse era um bom pretexto para eu partilhar a de Raffles. Podia ter conseguido uma só para mim no andar inferior, mas eu queria estar em cima. Raffles acentuara que eu devia insistir nesse ponto. Portanto estávamos juntos, penso que sem provocarmos suspeitas, embora também para mim não fosse ainda claro o objetivo.

No domingo à tarde, estava a dormir no meu beliche, o de baixo, quando as cortinas foram abanadas por Raffles, que estava em mangas de camisa no sofá.

— Aquiles amuado na sua tarimba!

— O que há mais para fazer? — perguntei-lhe enquanto me esticava e espreguiçava. Notei, no entanto, o bom humor do seu tom e fiz os possíveis por saber os motivos.

— Descobri mais alguma coisa, Bunny.

— Provavelmente!

— Você compreende-me. Vou voltar a minha atenção para o cavalheiro pretensioso. Até agora, tenho-me ocupado com outro alvo.

Soergui-me do beliche e sentei-me voltado para Raffles, prestando a máxima atenção.

A porta interior estava fechada e trancada. A cortina corrida tapava a vigia.

— Devemos chegar a Génova antes do pôr do sol — continuou Raffles. — É o local onde a ação se vai desenrolar.

— Então ainda a quer levar a cabo!

— Alguma vez disse que não?

— Tem dito tão pouco, seja do que for.

— Deliberadamente, meu caro Bunny; para quê estragar uma viagem agradável com conversa desnecessária? Mas agora chegou a altura. Ou atuamos em Génova ou não atuamos.

— Em terra?

— Não, a bordo, amanhã à noite. Esta noite também servia, mas amanhã é melhor, para o caso de surgir algum contratempo. Se formos forçados a usar de violência, podemo-nos safar no primeiro comboio e nada se saberá até o navio estar a navegar e o von Heumann ser encontrado morto ou drogado...

— Morto não! — exclamei.

— Claro que não — concordou Raffles — ou não haveria necessidade de fugirmos; mas se tivermos de fugir, terça de manhã é a melhor altura, quando o navio larga, aconteça o que acontecer. Mas não prevejo nenhuma violência. A violência é a prova de uma terrível incompetência. Em todos estes anos, quantas vezes acha que fui violento? Nem uma, tanto quanto me lembre; mas já tenho estado preparado para matar, se necessário, quando a situação se toma insustentável.

Perguntei-lhe como é que ele pensava entrar sem ser observado nos alojamentos do von Heumann e, mesmo através da luz coada pela cortinas, vi a sua face brilhar.

— Trepe até ao meu beliche, Bunny, e verá.

Assim fiz, mas não consegui ver nada. Raffles veio atrás de mim e extraiu o ventilador, uma espécie de alçapão na parede por cima da sua cama, com cinquenta centímetros de comprimento e metade de largura. Abria para fora para a chaminé de ventilação.

— Aquela — disse — é a nossa porta da fortuna. Abra-a, se quer; não vai ver muito, porque não abre muito; mas tirando um par de parafusos já fica bem. A chaminé, como pode ver, é mais ou menos sem fundo; passa por baixo dela sempre que vai para o banho e o topo é uma claraboia na ponte. É por isso que isto tem de ser feito enquanto estamos em Génova, porque não fazem vigia na ponte quando o barco está acostado. O ventilador oposto ao nosso é o do von Heumann. Mais uma vez basta desaparafusar um par de parafusos e há uma viga onde uma pessoa se pode apoiar enquanto trabalha.

— E se alguém olhar de baixo?

— É extremamente improvável que haja alguém ativo lá em baixo, tão improvável que nos podemos arriscar. Não, não o posso pôr lá para servir de vigia. O que é importante é que nenhum dos dois seja visto depois de termos voltado. Dois grumetes do navio estão de sentinela no convés; e terão de ser as nossas testemunhas; por Júpiter, será o maior mistério que alguma vez aconteceu!

— Se o von Heumann não resistir.

— Resistir! Não terá essa oportunidade. Bebe demasiada cerveja para ter um sono leve, e nada é mais fácil de cloroformizar que um tipo com sono pesado; você próprio o fez numa ocasião que talvez não seja justo recordar. O von Heumann já quase não dará por nada quando eu passar no ventilador. Eu passarei por cima do corpo dele, meu velho Bunny!

— E eu?

— Você dar-me-á ajuda no que necessitar e cobre-me a retirada em caso de acidente. Em linhas gerais, prestar-me-á o apoio moral de que eu preciso. É um luxo, Bunny, mas acho diabolicamente difícil passar sem isso depois de se ter tornado tão moralista!

Acrescentou que von Heumann estaria certamente a dormir com a porta trancada, que ele, Raffles, claro, deixaria destrancada, e falou de outras formas de deixar uma pista falsa enquanto pilhava a cabina. Não que Raffles previsse que a busca fosse difícil. A pérola estaria algures junto de von Heumann; de facto, Raffles sabia exatamente onde e dentro de quê ela estava. Naturalmente perguntei-lhe como é que obtivera essa certeza, e a sua resposta serviu de introdução a um momentâneo desentendimento.

— É uma história muito velha, Bunny. Realmente esqueci-me em que livro é que vem; a única certeza que tenho é que pertence ao Velho Testamento. Na história, Sansão era o herói infeliz e Dalila a heroína.

E ele pareceu-me tão matreiro que nem por um momento duvidei do que queria dizer.

— Então a bela australiana tem feito o papel de Dalila? — perguntei.

— De um modo muito inofensivo e inocente.

— Ela conseguiu sacar-lhe o segredo?

— Sim; levei-o a abrir todo o jogo, e essa foi a sua perdição. Pelo menos, assim espero. Ele até mostrou a pérola a Amy.

— Amy, hã? E ela avisou-o logo?

— De forma alguma! O que o leva a pensar nisso? Tive de me esforçar muito para conseguir obter dela essa informação.

A sua entoação devia de ter sido um aviso suficiente para mim. Não tive o tato suficiente para me calar. Por fim, percebia o significado do seu impetuoso namoro e fiquei a abanar a cabeça e a apontar-lhe o dedo, não vendo o seu franzir de sobrancelhas, cego que estava com a minha descoberta.

— Verme manhoso! — disse-lhe. — Agora percebo tudo! Como tenho sido estúpido...

— De certeza que já não o é?

— Não; agora compreendo o que me tinha intrigado ao longo desta semana. Simplesmente não conseguia descobrir o que é que tinha visto naquela rapariga. Nunca sonhei que fazia parte do jogo.

— Então acha que foi isso e nada mais?

— Sua raposa matreira... claro que sim!

— Não sabia que ela é filha de um rico colono?

— Há mulheres ricas às dúzias que casariam consigo amanhã.

— Nunca lhe ocorreu que eu pudesse gostar de empilhar madeira, numa vida sem mácula, e viver feliz para sempre... na mata?

— Com essa voz? Nunca!

— Bunny! — exclamou ele tão ferozmente que me preparei para levar um murro.

Contudo, não houve outras consequências.

— Acha que viveria feliz? — tomei a liberdade de lhe perguntar.

— Sabe-se lá! — respondeu.

E com isso afastou-se, deixando-me perplexo com o seu aspeto e com o tom das suas palavras e, mais do que com qualquer outra coisa, com o motivo alegado e que parecia pouco excitante.

— III —

De todas as vulgares ações de arrombamento em que assistira ao desempenho de Raffles, a mais delicada e mais difícil foi a que empreendeu entre a uma e as duas horas da manhã de terça-feira, a bordo do navio alemão *Uhlan*, ancorado no porto de Génova.

Não enfrentou qualquer dificuldade. Tudo decorreu como previsto; tudo aconteceu como fora planeado. Ninguém andava lá em baixo, nem na ponte. Apenas os grumetes se encontravam no convés. Era uma hora e vinte cinco quando Raffles, sem uma peça de roupa no corpo, levando nos dentes um frasco de vidro com uma rolha de algodão e uma pequena chave de parafusos atrás da orelha, enfiou primeiramente os pés e, depois, o resto do corpo pelo ventilador existente sobre o seu beliche; e faltavam dezanove minutos para as duas quando regressou, vendo-se primeiro a cabeça, ainda com o frasco entre os dentes e o algodão em rama lá dentro, a envolver e a almofadar algo que parecia um enorme feijão cinzento. Durante aquele intervalo de tempo, desapertara os parafusos e voltara a enroscá-los; desenroscara o ventilador do von Heumann e voltara-o a colocar como o encontrara — todas estas operações tinham sido feitas com uma rapidez assombrosa. Quanto a von Heumann, bastara-lhe colocar o algodão molhado primeiro sobre o bigode e, depois, sobre os lábios abertos. Desta forma, Raffles passara na viagem de ida e regresso por cima das canelas do outro sem que este exalasse um suspiro. E aqui estava o prémio, esta pérola tão grande como uma avelã, com um tom rosado pálido como o de uma unha de senhora, o despojo de uma época de pirataria, esta prenda de um imperador europeu para um dignitário dos Mares do Sul. Olhámo-la com satisfação quando já estávamos bem instalados. Brindámos com *whisky* e soda, trazido durante a noite anterior com vista ao grande momento. Mas o momento era ainda maior, mais triunfal do que aquilo que ousáramos sonhar. Tudo o que tínhamos a fazer agora era esconder a joia que Raffles desencastrara para podermos enfrentar uma busca rigorosa e conseguirmos desembarcar em Nápoles com ela na nossa posse; e era isto que Raffles estava a fazer quando me fui deitar. Por mim teria ido imediatamente para terra, nessa noite, em Génova, e fugido com o despojo; ele nem queria ouvir falar nisso, por uma boa dúzia de razões que mais adiante se tornarão óbvias para o leitor.

Feitas as contas, penso que nada seria descoberto ou despertaria suspeitas antes de levantarmos âncora; mas não estava inteiramente seguro disso. Custa a crer que um homem fosse cloroformizado durante o sono, sem sentir, no dia seguinte, efeitos disso ou um odor suspeito. No entanto, von Heumann reapareceu como se nada lhe tivesse acontecido, com o seu boné alemão sobre os olhos e os bigodes escovados para cima. E pelas dez horas estávamos a deixar Génova: o último funcionário do porto abandonara o convés; o último vendedor de fruta fora afastado com baldes de água, deixando de nos gritar do seu barquito; o último passageiro subira a bordo no último momento — um fulano de barba grisalha, barulhento, que fez o navio esperar enquanto discutia com o seu barqueiro por causa de meia lira. Mas por fim largámos, o rebocador desprendeu-se, passámos o farol... Raffles e eu estávamos encostados à amurada, vendo as nossas sombras projetadas nas águas verde-pálidas que envolviam o navio.

Von Heumann estava «ao ataque» uma vez mais; fazia parte do plano que ele ali permanecesse todo o dia, de forma que fosse adiado o momento inelutável da descoberta; e, embora a senhora parecesse aborrecida e estivesse constantemente a olhar na nossa direção, ele mantinha-se firme na sua atitude de aproveitar a oportunidade.

Porém, Raffles estava taciturno e irrequieto. Não tinha o ar de vencedor. Eu atribuía esse estado de espírito à iminente chegada a Nápoles, que o levaria à separação da rapariga. Nem falava comigo nem me deixava ir embora.

— Fique onde está, Bunny. Tenho umas coisas a dizer-lhe. Sabe nadar?

— Um pouco.

— Dez milhas?

— Dez? — desatei a rir. — Nem uma! Porque pergunta?

— Vamos estar a umas dez milhas de terra quase todo o dia.

— Onde diabo você quer chegar, Raffles?

— Nada; só que me lançarei à água se o pior acontecer. Suponho que não consegue nadar sequer debaixo de água?

Não respondi à pergunta. Mal a ouvi; senti um suor frio em todo o corpo.

— Porque havia de acontecer o pior? — murmurei. — Não fomos descobertos ou fomos?

— Não.

— Então porquê falar como se o fôssemos?

— Podemos ser; um nosso velho inimigo está a bordo.

— Um velho inimigo?

— Mackenzie.

— Não!

— O homem da barba que chegou a bordo em último lugar.

— Tem a certeza?

— Tenho! Lamento que você também não o tenha reconhecido.

Levei o lenço à cara; agora que pensava nisso, tinha havido algo de familiar no modo de andar do velho, assim como algo de bastante jovem na sua idade aparente; à luz da terrível revelação, recordava-me agora de que aquela barba não me parecera convincente. Olhei para um lado e para outro do convés, mas o velho não estava em parte nenhuma para ser visto.

— E agora vem a parte pior — disse Raffles. — Vi-o entrar na cabina do comandante há vinte minutos.

— Mas o que o terá levado a aparecer? — exclamei angustiado. — Será uma coincidência... estará atrás de outra pessoa?

Raffles abanou a cabeça.

— Desta vez, não me parece.

— Então pensa que veio atrás de si?

— Receio isso há já algumas semanas.

— E no entanto aí está você, impávido!

— O que é que eu posso fazer? Não me vou pôr a nadar antes de ser preciso. Começo a pensar que devia ter seguido o seu conselho, Bunny, e deixado o navio em Génova. Mas não tenho a mais pequena dúvida de que o Mac esteve a vigiar tanto o navio como a estação até ao último momento. É por isso que ele é tão bom profissional.

Pegou num cigarro e estendeu-me o maço, mas eu abanei a cabeça impacientemente.

— Ainda não compreendo — disse eu. — Porque havia ele de estar atrás de si? Ele não se daria ao trabalho de fazer uma longa viagem atrás de uma joia que, tanto quanto sabia, estava perfeitamente segura. Qual é a sua própria teoria?

— Simplesmente que ele anda na minha pista já há algum tempo, provavelmente desde que o amigo Crawshay se escapou entre os seus dedos em novembro passado. Houve outros indícios. Estou realmente preparado para isto. Mas pode ser pura suspeita. Tenho dúvidas em que ele consiga qualquer coisa ou venha a descobrir a pérola! Teoria, meu caro Bunny! Eu sei como ele chegou aqui tanto como se estivesse na pele do escocês, e sei o que irá fazer a seguir. Descobriu que eu tinha vindo para bordo e procurou um motivo; lobrigou quem era von Heumann e qual a sua missão. E aqui está o motivo oferecido numa bandeja. Ótima oportunidade para ele: apanhar-me com a boca na botija. Mas não vai conseguir isso, Bunny. Fixe as minhas palavras, ele vai revistar-nos e ao navio quando souber do roubo; mas vai procurar em vão. E lá está o comandante a acenar para o pretensioso alemão, chamando-o à sua cabina; a bomba vai explodir dentro de cinco minutos!

No entanto, não houve nenhuma explosão, nem confusão, nem revista aos passageiros, nem boatos sobre o que acontecera. Em vez de agitação, havia uma paz sinistra; e era claro para mim que Raffles não estava nem um pouco perturbado com o erro de todas as suas predições. Havia algo de terrível no silêncio, e o silêncio foi mantido por horas, durante as quais Mackenzie nunca reapareceu. No entanto, ele estava longe durante a hora do almoço... estava na nossa cabina! Deixara o meu livro no beliche de Raffles e, após o almoço, quando fui buscá-lo, toquei na colcha. Estava morna pela pressão recente de um corpo e instintivamente saltei para o ventilador; assim que o abri o ventilador oposto foi fechado com ruído.

Esperei por Raffles

— Está bem. Deixe-o encontrar a pérola.

— Deitou-a pela borda fora?

— Essa é uma pergunta que não condescendo em responder.

Rodou nos calcanhares e, mais tarde, vi-o a aproveitar o resto da tarde junto da inevitável *Miss* Werner. Lembro-me que ela parecia sóbria e elegante num conjunto bastante simples de holanda castanha, que se conjugava bem com o seu tom de pele, e inteligentemente realçado com laivos de escarlate. Admirei-a bastante nessa tarde, pois os seus olhos estavam realmente maravilhosos, assim como os seus dentes, e no entanto, contra a minha vontade, nunca a tinha admirado mais diretamente. Passei por eles mais de uma vez, para ver se conseguia trocar uma palavra com Raffles, para lhe comunicar que havia perigo no ar, mas ele nem sequer olhava para mim. Até que por fim desisti. E, a seguir, vi-o na cabina do comandante.

Eles tinham-no convocado em primeiro lugar; fora com um sorriso nos lábios; e foi com esse mesmo sorriso que o encontrei quando me convocaram. O camarote era espaçoso, como era próprio do de um comandante. Mackenzie estava sentado no sofá, com a sua barba em frente dele, sobre a mesa polida; mas havia um revólver em frente do comandante; e, quando entrei, o piloto chefe, que me tinha convocado, fechou a porta e encostou-lhe as costas. Von Heumann completava a festa, com os dedos ocupados no seu bigode.

Raffles saudou-me.

— Trata-se de uma bela brincadeira! — exclamou. — Lembra-se da pérola com que você tanto se preocupou, Bunny, a pérola do imperador, a pérola de valor incalculável? Parece que foi confiada aqui ao nosso amigo, para a levar para Canoodle Dum, e o tipo vai e perde-a; *ergo*, como somos britânicos, pensam que nós a temos!

— Mas eu sei que a têm — acrescentou Mackenzie, o nosso amigo escocês da Scotland Yard!

— Chega — gritou o comandante. — Aceitam que os revistemos ou teremos de usar a força?

— Como quiser — disse Raffles —, mas não lhe faz mal nenhum manifestar um pouco de *fair-play*. Acusa-nos de termos assaltado o camarote do comandante von Heumann durante a madrugada de hoje e de termos surripiado a maldita pérola. Bem, posso provar que estive no meu quarto toda a noite e não duvide de que o meu amigo poderá provar o mesmo.

— Com certeza que posso — disse, com indignação. — Os grumetes são testemunhas disso.

Mackenzie riu-se e inclinou a cabeça para o seu reflexo no mogno polido.

— Isso foi muito inteligente da vossa parte — disse ele — e ter-se-iam saído bem se eu não tivesse aparecido a bordo. Mas acabei de dar uma olhadela nos ventiladores e acho que sei como procederam. De qualquer maneira, comandante, não faz diferença. É só apertar as algemas nestes jovens vivaços, e depois...

— Com que direito? — rugiu Raffles numa voz retumbante. Jamais vira a sua cara tão rubra de cólera. — Reviste-nos se quiser; revistem tudo o que nós possuímos; mas não se atrevam a pôr um dedo em cima de nós sem um mandado!

— Nem ousaria — disse Mackenzie gravemente, enquanto tateava no seu bolso do peito, ao mesmo tempo que Raffles mergulhava a mão no seu próprio bolso.

— Quieto! — gritou o escocês; e o *Colt* que nos acompanhara em tantas ações, mas sem jamais ser usado, foi lançado para a mesa e apanhado pelo comandante. — Está bem — disse Raffles ferozmente para o tipo. — Pode deixar. Não tento outra vez. Agora, Mackenzie, quero ver esse mandado!

— Não lhe dá descaminho?

— Do que é que me servia? Deixe-me vê-lo — disse Raffles perentoriamente, e o detetive obedeceu. Raffles levantou as sobrancelhas enquanto examinava o documento; a sua boca endureceu, mas, subitamente, relaxou-se; e foi com um sorriso e com um encolher de ombros que devolveu o papel.

— Serve para si? — inquiriu Mackenzie.

— Pode ser. Felicito-o, Mackenzie; é uma cartada forte, de qualquer maneira. Dois roubos e o colar de Melrose, Bunny! — E virou-se para mim com um sorriso triste.

— E tudo simples de provar — disse o escocês, guardando o mandado no bolso. — E tenho um destes para si — acrescentou, acenando para mim, — só que não é tão longo.

— Quem poderia imaginar — disse o comandante reprovadoramente — que o meu navio fosse um antro de ladrões! É um caso muito desagradável. Vou ser obrigado a pô-los ambos a ferros até chegarmos a Nápoles.

— Certamente que não! — exclamou Raffles — Mackenzie, interceda junto a ele; não abandone os seus compatriotas assim! Comandante, nós não podemos fugir; certamente que pode manter a coisa em segredo por uma noite? Veja, está aqui tudo o que tenho nos bolsos; esvazie os seus também, Bunny, senão eles ainda nos mandam despir por suspeitarem que temos armas nas mangas. Tudo o que eu peço é que nos seja permitido resolver isto sem algemas nos pulsos!

— Podem não ter armas — disse o comandante — mas... e a tal pérola que tinham roubado?

— Irá tê-la! — gritou Raffles. — Tê-la-á agora mesmo se garantir que não vai haver escândalo público a bordo!

— Isso logo se vê — disse Mackenzie — desde que se portem bem. Agora, onde é que ela está?

— Sobre a mesa, debaixo do seu nariz.

Os meus olhos, como os dos outros, abrangeram a mesa, mas não estava lá pérola nenhuma; só o conteúdo dos nossos bolsos — relógios, livros de bolso, lápis, canivetes, cigarreiras — jazia sobre a mesa brilhante juntamente com os revólveres já mencionados.

— Você está a enganar-nos — disse Mackenzie.

— Para quê? Não estou nada — riu Raffles. — Estou a testá-los. Qual é o mal?

— Fora de brincadeiras, está aqui?

— Sobre a mesa, por todos os meus deuses.

Mackenzie abriu a cigarreira e abanou cada cigarro. Nessa altura, Raffles pediu se lhe permitiam fumar um e, quando o seu pedido foi atendido, observou que a pérola estivera muito mais tempo sobre a mesa do que os cigarros. Mackenzie apanhou prontamente o *Colt* e abriu o tambor.

— Aí não, aí não — disse Raffles. — Mas está a ficar quente. Tente os cartuchos.

— Mackenzie despejou-os na palma das mãos e abanou cada um ao pé do ouvido sem resultado.

— Oh, dê-os cá! — E, num instante, Raffles encontrou o devido, retirou o projétil e colocou a pérola do imperador com um floreado no centro da mesa.

— Depois disso, talvez me mostre pouca consideração por estar em seu poder. Comandante, tenho sido um pouco vilão, como vê, e como tal estou pronto e com boa vontade a ficar a ferros toda a noite se o considerar necessário para a segurança do navio. Tudo o que lhe peço é que primeiro me faça um favor.

— Isso vai depender do favor.

— Comandante, fiz uma coisa pior ainda a bordo do seu navio e ninguém sabe. Prometi casar-me e quero despedir-me!

Suponho que estávamos todos igualmente espantados; mas o único a exprimir o seu espanto foi von Heumann, cujo suspiro profundo exalado daquele peito alemão foi quase um indicador de qual seria o procedimento. Não demorou, porém, muito a contrariá-lo com um vigoroso protesto contra o pedido de despedida; mas esse protesto foi rejeitado e o prisioneiro dominador obteve o que queria. Foram-lhe concedidos cinco minutos para estar com a rapariga, enquanto o comandante e Mackenzie ficariam próximos dele (mas não tanto que ouvissem o diálogo) com os seus revólveres atrás das costas. Conforme íamos saindo da cabina, todos em grupo, ele estacou e agarrou a minha mão.

— Então, finalmente deixei-o ficar mal, Bunny... por fim e apesar de tudo! Se soubesse como estou arrependido... Mas não vai ser muito castigado... nem vejo porque há de ser punido. Pode perdoar-me? Isto pode levar anos ou pode ser para sempre, sabe! Você esteve sempre a meu lado quando foi preciso; um dia, mais cedo ou mais tarde, lembrar-se-á de que não fez mal por estar a meu lado!

Havia um significado nos seus olhos que eu compreendi; o meu rosto estava tenso e os meus nervos em franja quando apertei aquela mão forte e destra pela última vez na minha vida. Como esta última cena está, e estará, viva em mim até à minha morte! Como me recordo de todos os pormenores, de cada sombra naquele convés soalheiro! Atravessávamos as ilhas que salpicam a rota de Génova para Nápoles; Elba estava a ficar para trás por estibordo, aquele pequeno pedaço de terra avermelhada atrás do qual se punha o Sol, ainda quente. A cabina do comandante abria para estibordo e a coberta de recreio de estibordo, coberta de sol e salpicada de sombras, estava deserta com exceção do grupo de que eu fazia parte e de uma figura trajando de castanho, pálida, esbelta, junto à popa com Raffles. Noivo? Não podia acreditar até este dia. No entanto, lá estavam eles juntos e não ouvíamos uma palavra; ali estavam eles, de pé, tendo por fundo o pôr do sol e a longa faixa de mar brilhante que cintilava desde Elba até aos costados do *Uhlan*; e as suas sombras projetavam-se quase até aos nossos pés.

Subitamente, num relance, concretizou-se algo que eu nunca soube se admirar se detestar. Ele agarrou-a, beijou-a à frente de todos nós e, depois, afastou-a dele de tal modo que ela quase caiu. Foi essa ação que constituiu o prelúdio dos acontecimentos. O oficial correu para ele e eu corri atrás do oficial.

Raffles estava sobre a amurada, mesmo à justa.

— Segura-o, Bunny! — gritou. — Segura-o bem!

E, enquanto eu obedecia a esta derradeira ordem com todas as minhas forças, sem qualquer preocupação sobre as consequências do que estava a fazer, exceto a de cumprir a sua ordem, vi-o unir as mãos e inclinar a cabeça para baixo. O seu corpo magro e flexível cortou o pôr do sol tão limpa e perfeitamente como se nas suas horas de lazer não fizesse outra coisa senão mergulhar da amurada de um navio.

Do que se passou a seguir no convés não posso dizer nada, pois não estava lá. Nem podem o meu castigo final, a minha longa prisão e a minha duradoura desgraça, ser motivo de preocupação ou de benefício para o leitor, além do interesse e da vantagem de concluir que, pelo menos, tive o que merecia. Contudo, uma coisa devo esclarecer, só mais uma coisa, antes de acabar esta narrativa. E que nela acredite quem quiser.

Foi numa cabina de segunda classe, do lado de estibordo, que fui prontamente posto a ferros. A porta fechou-se sobre mim como se eu fosse outro Raffles. Entretanto, foi arriado um barco, e o mar explorado, como, sem dúvida, deve estar registado no livro de bordo. Mas ou o pôr do sol brilhando sobre as ondas teria cegado todos os olhos ou então os meus foram vítimas de uma estranha ilusão.

Logo que o barco regressou, a tripulação movimentou-se para se prosseguir viagem. Enquanto isso, o prisioneiro espreitava, pela vigia, as águas ensolaradas que acreditava que se tinham fechado para sempre sobre a cabeça do seu amigo. Subitamente, o Sol afundou-se atrás da ilha de Elba. A esteira de luz bruxuleante extinguiu-se rapidamente, parecendo ser engolida pelo rasto do navio. A meia distância, já a umas milhas da popa, ou a minha vista me enganou ou um ponto preto boiava no mar cinzento. A trombeta tocou para o jantar; é possível que todos, exceto eu, se tenham cansado de esforçar a vista. E aquele ponto ora eu deixava de ver, ora vinha à tona, ora mergulhava até que, por fim, não mais aparecia. No entanto, a certo trecho, apareceu outra vez, um simples ponto dançando na distância cinzenta e obscura, dirigindo-se para uma ilha púrpura, para oeste, sob um céu lânguido, raiado de ouro velho e de tons de cereja. E a noite caiu antes de saber se aquilo era ou não uma cabeça humana.

Um doente difícil

— I —

Ainda não estou bem certo do que me surpreendia mais, se o telegrama que me chamava a atenção para o anúncio ou se o anúncio em si. O telegrama está na minha frente enquanto escrevo. Parece ter sido posto em Vere Street, às oito da manhã de 11 de maio de 1897, e recebido menos de meia-hora depois em Holloway B.O. E naquela região monótona encontrou-me devidamente ainda por arranjar, mas já a trabalhar antes que o dia aquecesse e o meu sótão ficasse insuportável.

> «Veja o anúncio do Sr. Maturin *Daily Mail* pode convir-lhe peço sinceramente tente contactar se necessário...»

Transcrevo a coisa como a vejo à minha frente, tudo de um fôlego que me deixou sem respiração; mas deixo de fora as iniciais da assinatura que completaram a surpresa. Elas pertenciam muito claramente ao especialista cuja sala de consulta era num interior de uma carruagem de aluguer de Vere Street e que, em tempos, para mal dos seus pecados, me tinha chamado parente. Mais recentemente chamara-me outros nomes. Eu era uma vergonha, qualificado por um adjetivo que não posso referir. Fizera a minha cama e podia deitar-me e morrer nela. Se alguma vez tivesse a insolência de voltar a mostrar o meu nariz naquela casa, sairia mais depressa do que entrara. Tudo isto, e mais, o meu parente menos distante podia dizer na cara de um pobre diabo; podia telefonar para o seu empregado e dar as suas instruções brutais imediatamente; e chegar depois ao tom compadecido do seu telegrama! Não tinha palavras para manifestar o meu espanto. Literalmente, não podia acreditar nos meus olhos. No entanto, a sua evidência era cada vez mais conclusiva; uma epístola não poderia ser mais característica do seu mandatário. Vilmente elíptica, ridiculamente precisa, poupando uns centavos à custa do sentido, mas não esquecendo a inclusão do «Sr. Maturin». Esse era o nome do meu distinto parente, da cabeça aos pés. E, pensando melhor, o resto estava de acordo com ele. Ele tinha uma reputação de fazer caridade; afinal de contas, estava em consonância com esse facto. Ou isso ou um impulso súbito de que os mais calculistas às vezes são capazes; os jornais da manhã lidos enquanto se bebe a primeira chávena de chá, este anúncio visto por acaso, e o resto sob o aguilhão de uma consciência culpada.

Bem, devo ver isso por mim próprio, e quanto mais depressa melhor, embora o trabalho pressionasse. Eu estava a escrever uma série de artigos acerca da vida na prisão e tinha metido a ponta da minha caneta em todo o sistema; um jornal literário e filantrópico alardeava as minhas «acusações», as mais graves com maior gosto; e os pagamentos, se não eram generosos para um trabalho criativo, permitiam-me um temporário desafogo financeiro. Aconteceu que o primeiro cheque tinha justamente acabado de chegar pelo correio das oito e, para que o leitor se aperceba da minha situação económica, basta dizer que tive de o ir levantar para comprar o *Daily Mall*.

Sobre o anúncio em si, que há para dizer? Devia falar por si próprio se eu o conseguisse encontrar, mas não consigo, e só me lembro que «um enfermeiro de serviço permanente era pretendido por cavalheiro de idade, de saúde frágil». Um enfermeiro! Junto estava um apêndice absurdo, oferecendo «salário atraente para pessoa de formação universitária»; e, de repente, percebi que conseguiria o emprego se me candidatasse; que outro homem de «formação universitária» aceitaria candidatar-se? Estaria algum outro em tais apertos como eu? E depois havia o meu parente compadecido; ele não só prometia interceder por mim, mas era o mais apropriado para o fazer. Podia alguma recomendação competir com a sua na questão de um enfermeiro? E necessitavam tais deveres de ser necessariamente repugnantes e desagradáveis? Certamente que os arredores seriam melhores do que o meu alojamento comum e particularmente o meu sótão; e melhor a comida; e todas as outras condições de vida em que eu podia pensar no meu regresso àquele insípido asilo. Assim, tendo em vista o cumprimento da missão, entrei num penhorista que não me conhecia e, daí a uma hora, estava metido num charabã, a arejar um fato decente embora antiquado, mas pouco corroído pelas traças do penhorista, e com um novo chapéu de palha na cabeça. A morada dada no anúncio era a de um apartamento em Earls Court, que me custou uma viagem por toda a cidade, a mudança para o comboio suburbano e uma caminhada a pé de sete minutos. Passava agora do meio-dia, e o pavimento de madeira e pez exalava um aroma agradável, à medida que eu subia a estrada de Earls Court. Era ótimo caminhar novamente no mundo civilizado. Aqui havia homens com casacos postos pelas costas e damas de luvas. O meu único receio era o de poder vir a encontrar um ou outro conhecido de outros tempos. Porém, era o meu dia de sorte. Sentia-o. Ia conseguir este emprego; e algumas vezes poderia cheirar o odor do pavimento quando fizesse recados ao velhote; talvez até ele insistisse em passear na sua cadeira de rodas, contando comigo para o ajudar.

Senti-me muito nervoso quando cheguei ao edifício. Era um pequeno prédio de frente para a rua, e eu tive pena do médico cuja tabuleta vi sobre a cerca, em frente das janelas do rés do chão; não devia estar muito bem de vida, pensei. E senti também pena de mim próprio. Tinha imaginado um edifício melhor do que este. Não tinha varandas. O porteiro não usava uniforme. Não havia elevador e o meu cliente vivia no terceiro andar! Arrastei-me por ali acima, desejando nunca ter vivido em Mount Street, e cruzei-me com um indivíduo abatido que vinha a descer. Um jovem vigoroso de casaca abriu a porta da direita quando lá bati.

— O Sr. Maturin vive aqui? — inquiri.

— Sim, senhor — disse o homem vigoroso, mostrando os dentes todos num sorriso jovial.

— Eu... eu vim por causa do anúncio do *Daily Mail*.

— O senhor é o trigésimo nono — exclamou o tipo. — Deve ter-se cruzado com o trigésimo oitavo na escada, e o dia ainda é uma criança. Desculpe-me estar a olhar para si. Sim, passou o primeiro exame e pode entrar; é um dos poucos. Recebemos a maioria depois do pequeno-almoço, mas agora o porteiro está a mandar embora os tipos com mau aspeto. O fulano com quem se cruzou foi o primeiro que recebemos desde há vinte minutos. Entre para aqui.

Entrei numa sala vazia com uma bela janela saliente, o que permitiu ao meu vigoroso amigo inspecionar-me mais criticamente a uma luz melhor, exame a que procedeu sem falsa delicadeza; depois começaram as suas perguntas.

— Universitário?

— Sim.

— De que universidade?

Respondi-lhe e ele pareceu aliviado.

— Finalmente! O senhor é o primeiro com quem não tenho de discutir o que é e o que não é uma universidade.

— Foi expulso?

— Não — disse-lhe depois de um momento de hesitação. — Não, não fui expulso. E espero que não me expulse se, da minha parte, lhe fizer uma pergunta.

— Claro que não.

— O senhor é filho do Sr. Maturin?

— Não, o meu nome é Theobald. Deve tê-lo visto lá em baixo.

— O médico? — perguntei.

— O médico dele — disse Theobald com um olhar satisfeito. — O médico do Sr. Maturin. Ele quer ver se arranja um enfermeiro e servidor. Penso que vai querer falar consigo, embora só tenha entrevistado duas ou três pessoas até agora. Há certas perguntas que prefere ser ele próprio a fazer e não vale a pena tocarmos no mesmo assunto duas vezes. Portanto talvez seja melhor eu ir falar a seu respeito antes de avançarmos mais.

E retirou-se para uma sala perto da entrada, conforme pude ouvir, pois era realmente um apartamento muito pequeno. Mas, agora, duas portas fechadas separavam-nos e eu tive de me limitar a ouvir murmúrios através da parede até o médico voltar para me convocar.

— Convenci o meu paciente a vê-lo — murmurou —, mas confesso que não estou muito confiante no resultado. Ele é muito difícil de satisfazer. Deve preparar-se para um inválido rabugento e para não ter uma sinecura se conseguir ficar.

— Posso perguntar qual é o problema dele?

— Com certeza... mas só se conseguir ficar com o emprego!

Então o doutor Theobald seguiu à frente, a indicar o caminho, com um ar de tão grande dignidade profissional que não pude deixar de sorrir enquanto seguia as suas abas esvoaçantes da casaca para o quarto do doente. Suspendi o sorriso quando transpus a soleira duma sala escurecida exalando vapores de remédios e cheia de frascos de fármacos e no meio da qual uma figura descarnada jazia deitada numa semiobscuridade.

— Leve-o para junto da janela, leve-o para junto da janela — estalou uma voz fina — e vamos lá olhar para ele. Abra um pouco o estore. Tanto não, raios o partam, tanto não!

O médico encarou a imprecação como se fosse um mérito. Eu acabei por não sentir pena dele. Estava agora muito claro para mim que ele tinha um paciente que, em si, não dava muito trabalho. Percebi, logo ali, que seria um emprego sem problemas se entre nós o conseguíssemos manter vivo. O Sr. Maturin, no entanto, tinha a cara mais branca que eu alguma vez vira, e os seus dentes brilhavam através da escuridão, pois os lábios embranquecidos já não se sobrepunham; só se mexiam quando falava; e eu desafio-os a imaginar coisa mais cadavérica do que aquele arreganhar de dentes contínuo. Foi, com esse esgar, que ficou a observar-me enquanto o médico levantava o estore.

— Então, pensa que pode tomar conta de mim, não?

— Estou certo de que sim, senhor.

— Sem ajuda, fique a saber! Eu não meto outra pessoa. Terá de cozinhar a sua própria comida e as minhas dietas. Pensa que pode fazer isso tudo?

— Sim, senhor, acho que sim.

— Porquê, tem alguma experiência no género?

— Não, senhor, nenhuma.

— Então porque é que finge ter?

— Eu só quero dizer que vou fazer o meu melhor.

— Só quero dizer, só quero dizer! Já conseguiu fazer então fazer o seu melhor nalguma outra coisa?

Deixei cair a cabeça. Isto era um bofetão. E havia alguma coisa no meu inválido que me impediu de mentir.

— Não senhor. Não consegui — respondi dolorosamente.

— Eh, eh, eh! — riu abafadamente o velho infeliz — e faz bem em confessá-lo; faz bem, senhor, muito bem, na verdade; se não tivesse confessado, já o teria mandado embora, sem hesitações! Salvou o seu pão. Pode fazer mais. Portanto, é uma pessoa de formação universitária. Correto?

— Absolutamente.

— O que é que fez quando deixou a faculdade?

— Fui ganhar dinheiro.

— E depois?

— Gastei o dinheiro.

— E desde aí?

— Fiquei parado como uma mula.

— E desde aí, volto a perguntar?

— Um parente meu dir-lhe-á se lhe perguntar. É um homem eminente e prometeu interceder por mim. Eu preferia não dizer mais nada sobre mim.

— Mas devia, senhor, mas devia! Supõe que eu penso que um rapaz de formação universitária responderia a um emprego como este se não tivesse acontecido alguma coisa? O que eu quero é um cavalheiro com qualidades e não me importo muito de que espécie; mas tem de me dizer o que aconteceu, mesmo que não conte a mais ninguém. Dr. Theobald, pode ir para o diabo, pois não preciso agora de si. Este homem pode servir ou não. Não tem necessidade de ficar mais aqui até eu lhe comunicar uma coisa ou outra. Desapareça, senhor, desapareça; e se pensa que tem alguma razão de queixa, ponha na conta!

Na moderada agitação da nossa entrevista, a voz fina tornara-se mais forte e as últimas palavras foram gritadas para o médico devoto, enquanto ele se retirava numa tal ordem que eu fiquei certo de que ele ia levar à letra o paciente. Fechou-se a porta do quarto, depois a do exterior e os passos do médico ouviram-se pelas escadas abaixo. Fiquei sozinho no apartamento com este velho altamente singular e bastante terrível.

— Que diabo, tanto melhor! — resmungou o inválido, soerguendo-se sobre um cotovelo, com presteza. — Posso já não ter muito corpo de que me gabar, mas pelo menos tenho uma velha alma perdida a que chamo minha. É por isso que quero um cavalheiro com qualidades perto de mim. Tenho dependido de mais daquele tipo. Ele nem sequer me deixa fumar, e tem ficado todo o dia no apartamento para me vigiar. Encontra os cigarros atrás da *Nossa Senhora da Cadeia*.

Era uma gravação em metal do grande Rafael e a moldura estava inclinada da parede; com um toque, um maço de cigarros caiu de trás.

— Obrigado. Agora, lume.

Risquei o fósforo e segurei-o, enquanto o inválido inalou com os lábios já em posição normal; e subitamente suspirei; lembrei-me irresistivelmente do meu velho Raffles. Um anel de fumo digno do grande A. J. flutuava subindo dos lábios do homem doente.

— E agora tire um para si. Já fumei cigarros mais venenosos. Mas mesmo estes não são *Sullivans*!

Não posso repetir o que disse. Não tenho ideia do que foi. Eu só sei — eu só sabia — que era A. J. Raffles em carne e osso.

— II —

— Sim, Bunny, foi um raio de uma natação; mas desafio-te a afundares-te no Mediterrâneo. Aquele pôr do sol salvou-me. O mar estava em fogo. Eu mal tive de nadar debaixo de água, mas safei-me graças ao sol; quando ele se pôs eu já devia estar a uma milha de distância; depois disso, tornei-me o homem invisível. Eu pensei nisso, e só espero que não tenha sido tomado como caso de suicídio. Eu vou sair em breve, Bunny, e prefiro ter um encontro com o carrasco a perder o meu hábito de jogar.

— Oh, meu caro e velho amigo, custa a crer que estejamos juntos outra vez! Sinto como se ambos estivéssemos ainda a bordo daquele navio alemão e que os acontecimentos que sabemos não passassem de um pesadelo. Pensei que os nossos dias estavam a chegar ao fim!

— Parecia mesmo, Bunny. Corremos inúmeros riscos e fizemos inúmeros golpes. Mas o jogo terá de ser outro e um dia destes vou explicar-lhe como.

— Oh, não tenho pressa de ouvir. Para mim basta-me vê-lo vivo. Não quero saber como é que chegou aqui ou porquê, embora receie que esteja bastante mal. Tenho de olhá-lo bem antes de o deixar dizer mais uma palavra!

Levantei um dos estores, sentei-o em cima da cama e observei-o devidamente. Fiquei completamente incapaz de saber do seu verdadeiro estado de saúde, mas estava bastante convencido de que o meu caro Raffles não era nem nunca voltaria a ser o homem que fora.

Tinha envelhecido vinte anos. Aparentava, pelo menos, cinquenta. O seu cabelo estava branco, não havia dúvidas sobre isso; e a sua cara era de outro tom de branco. As rugas dos cantos dos olhos e da boca eram muitas e profundas. Por outro lado, os olhos em si estavam luminosos e atentos como sempre; eram ainda vivos e cinzentos, brilhando como aço temperado. Mesmo a boca, com um cigarro junto a ela, era a de Raffles e mais nenhuma: forte e voluntariosa como o próprio homem. Parecia que só a força física desaparecera; mas isso era suficiente para fazer sangrar o meu coração por aquele maroto que me levava a quebrar todos os valores que eu prezava, exceto o valor da amizade que nos unia.

— Acha que pareço muito mais velho? — perguntou por fim.

— Um pouco — admiti. — Mas principalmente no cabelo.

— Velhas histórias que um dia discutiremos a fundo, embora julgue, quantas vezes, que o meu envelhecimento começou com aquele longo exercício de natação. No entanto, a ilha de Elba é um espetáculo estranho, posso assegurar-lhe. E Nápoles é ainda mais estranho.

— Afinal sempre lá foi?

— Sem dúvida! É o paraíso europeu para pessoas como nós. Mas não há lugar como Londres para não se ter muito calor. Aqui nunca sentimos muito calor; e se o sentimos é por nossa própria culpa. Só quando o jogo «dá para o torto» e nós somos forçados a correr. Portanto, aqui estou eu outra vez desde há seis semanas. E estou a pensar voltar à ação.

— Mas certamente, meu caro, que ainda não está apto, pois não?

— Apto? Meu caro Bunny, estou morto... estou no fundo do mar... e não o esqueça nem por um minuto.

— Mas está bem ou não?

— Não! Estou meio envenenado com as receitas do doutor Theobald e com os cigarros «mata-ratos» e fraco como um gato por estar sempre na cama.

— Então por que diabo é que fica na cama, Raffles?

— Porque é melhor do que estar na cadeia, como calculo que você saiba, meu caro amigo. Afirmo-lhe que estou morto; e o meu único terror é voltar outra vez à vida por mero acaso; não percebe? Eu simplesmente nem ouso mostrar o nariz fora da porta... durante o dia. Não faz ideia do número de coisas perfeitamente inocentes que um homem não ousa fazer. Nem sequer posso fumar *Sullivans*, porque nunca nenhum homem foi tão apreciador deles como fui na minha vida e nunca se sabe quando se está a deixar uma pista.

— O que o trouxe a este edifício?

— Pretendia um apartamento e um fulano, no barco, recomendou-me este edifício; um tipo fixe, Bunny; serviu de meu fiador quando foi necessário sinalizar o aluguer. Sabe, eu cheguei a terra numa maca... um caso muito patético... um velho australiano sem um amigo na velha Albion... com o desejo sentimental de morrer em Londres... é essa a história do Sr. Maturin. Se a história não o comove, Bunny, você é a exceção. Mas impressionou o amigo Theobald mais do que a ninguém. Eu sou uma renda para ele. Acredito que vá casar à minha custa.

— Ele não suspeita de nada?

— Ele sabe, valha-o Deus! Mas não sabe que eu sei que ele sabe, e não há uma doença no dicionário de que não me tenha tratado desde que me tem na mão. Para lhe fazer justiça, deve considerar-me um hipocondríaco de primeira ordem; mas aquele jovem vai longe se se mantiver no posto. Tem passado metade das noites aqui em cima, a um guinéu cada.

— Deve haver fartura de guinés, meu velho!

— Tem havido, Bunny. Não posso dizer mais. Mas não vejo porque deve continuar a haver.

Não ia perguntar donde é que vinham os guinés. Como se me importasse! Contudo, perguntei ao velho Raffles como diabo tinha ele dado com o meu rasto; e com isso esboçou um tipo de sorriso com o qual os velhos cavalheiros esfregam as mãos e as velhas damas arrebitam os narizes. Raffles produziu simplesmente uma argola de fumo azulado antes de responder.

— Estava à espera que perguntasse isso, Bunny; já há muito tempo que não consigo algo de que me vangloriasse mais. Claro, em primeiro lugar, localizei-o imediatamente com os seus artigos sobre a vida prisional; não eram assinados, mas o estilo era inconfundivelmente o seu.

— Mas quem lhe deu a minha morada?

— Consegui obtê-la através do seu excelente editor; visitei-o na calada da noite, quando ocasionalmente me afasto com outros fantasmas. Arranjei-a em cinco minutos. Eu era o seu único parente; o seu nome não era propriamente o seu; se ele insistisse eu teria dado o meu. Ele não insistiu, Bunny, e saltei pelas escadas abaixo com a sua morada no bolso.

— Na noite passada?

— Não, na semana passada.

— E então o anúncio foi posto por si; assim como o telegrama!

E claro que me esquecera de ambos devido à emoção de momento. De outra forma, não teria chegado tão tardiamente àquela conclusão. O ar de espanto que fiz ao chegar àquela tardia conclusão levou Raffles a olhar para mim com aquele olhar de ironia e mofa que eu tão bem conhecia. A sua expressão de sobrancelhas erguidas começava a irritar-me.

— Porquê toda essa astúcia? — exclamei encolerizado. — Porque não veio ter comigo numa carruagem?

Não me respondeu com a sua habitual observação de que eu era um caso perdido. Não utilizou aquele seu ar paternalista, nem o «meu bom Bunny». Ficou calado por um momento e, depois, falou num tom que me envergonhou do meu.

— Sabe, agora há dois ou três Raffles em mim, Bunny: um, jaz no fundo do Mediterrâneo; outro, é um velho australiano desejoso de morrer no Velho Continente, embora a morte não seja iminente. O velho australiano não conhece uma alma na cidade; tem de ser um personagem consistente ou está feito. Este Theobald é o seu único amigo, e você já o conheceu o suficiente para saber que é um vivaço. Não é menino para se iludir com qualquer patranha, está a perceber? Para conseguir chamá-lo, tinha de criar a aparência de que se tratava de uma obra de mero acaso. Permitir que o Theobald contribuísse para a sua seleção era o melhor álibi! Para começar, ele era totalmente contra eu ter alguém aqui; naturalmente, queria-me em exclusivo; mas também não era do seu interesse acabar com a galinha dos ovos d'ouro! Assim, ganha às suas cinco libras por semana, enquanto me mantém vivo e até que se case para o mês que vem. Por um lado é um pena, por outro é uma coisa ótima; vai precisar de mais dinheiro do que prevê e poderá sempre ser-nos útil num aperto. Entretanto, ir-se-á embora.

Felicitei Raffles pela redação do seu telegrama que, em pouco mais de meia dúzia de palavras, o definia como genuíno do meu distinto parente. Contei-lhe como o velho malandro realmente me tratara. Raffles não ficou surpreendido; nos velhos tempos tínhamos jantado juntos em casa do meu parente e conhecíamos bem as suas «virtudes». Tomava conhecimento agora que o telegrama fora entregue com a indicação da hora a que devia ser expedido, na estação perto da Vere Street, no fim do dia anterior ao aparecimento do anúncio no *Daily Mail*. Isto também fora cuidadosamente planeado; e o único receio de Raffles era o de adiarem o envio, apesar das suas instruções explícitas, e de que tal situação me levasse a uma conversa com o médico, referenciando o telegrama. Mas, afinal, e apesar da margem mínima de risco, tudo correra conforme planeado.

Para Raffles, o risco maior encontrava-se perto de casa: um inválido acamado, como se supunha que ele era, esbarrar, nos seus passeios noturnos, com o jovem médico Theobald, na vizinhança imediata do apartamento. Não obstante, Raffles tinha métodos próprios para minimizar esse perigo, como o leitor em breve saberá. Entretanto, descreveu-me algumas das suas aventuras noturnas, todas, no entanto, de um género singular inocente; e numa coisa reparei enquanto ele falava. O seu quarto era o primeiro quando se entrava no apartamento. A longa parede interior separava o quarto não só do corredor como também do patamar exterior. Assim todos os passos na escada de pedra eram ouvidos por Raffles enquanto estava deitado; e ouvia atentamente quando alguém vinha a subir, até ultrapassar o piso em que se encontrava. À tarde, vieram mais alguns candidatos ao emprego e eu cumpri a obrigação de os informar que o posto já estava ocupado. Entre as três e as quatro, no entanto, Raffles, ao olhar subitamente para o relógio, pediu-me para rapidamente ir buscar as minhas coisas, que se encontravam no outro extremo de Londres.

— Receio que esteja a morrer de fome, Bunny.

— É um facto que tenho comido muito pouco e quando o faço é a horas pouco usuais, mas não é justo esquecer-me de si.

— Vá comer qualquer coisa lá fora, mas se puder faça uma refeição ligeira. Porque hoje à noite vamos celebrar devidamente o nosso encontro.

— Hoje à noite? — exclamei.

— Hoje à noite, às onze, vamos ao Kellner. Pode abrir os olhos à vontade, mas não fomos lá muitas vezes, como se recorda, e o pessoal acho que mudou. De qualquer modo, vamos arriscar. Estive lá ontem à noite falando com um americano e a ceia está encomendada para as onze em ponto.

— Estava assim tão seguro de me encontrar?

— De qualquer forma, não havia qualquer problema em encomendar uma ceia. Reservei um gabinete privado, de forma que pode usar qualquer roupa que tenha.

— As minhas roupas estão em casa do único familiar que me perdoou.

— Quanto é que custará ir buscá-las, tomar uma refeição e voltar aqui a tempo com a bagagem?

Tive de fazer contas de cabeça.

— Dez libras, pelo menos.

— Tenho mesmo à mão uma nota de dez para si. Aqui está e, se fosse a si, não perdia tempo. Pelo caminho pode procurar Theobald, para lhe dizer que obteve o emprego e quanto tempo vai demorar, e que eu não posso ficar sozinho esse tempo todo. E, por Júpiter, ia-me esquecendo... arranje-me um bilhete para o *Lyceum* no agente mais próximo; há dois ou três na High Street; e quando voltar diga que lho ofereceram. Aquele jovem tem de estar fora do nosso caminho esta noite.

Encontrei o nosso doutor no consultório, em mangas de camisa, com um copo alto junto do cotovelo; pelo menos vislumbrei o copo quando entrei; pôs-se em pé imediatamente tentando ocultá-lo com o corpo, numa atitude de adolescente apanhado cm falta que mereceu a minha simpatia.

— Então conseguiu o emprego — disse o Dr. Theobald. — Bem, como lhe disse antes, e como provavelmente já descobriu por si próprio, não vai ser exatamente uma sinecura. Creia nas minhas palavras, sei-o por experiência. Qualquer colega meu abandonaria o caso, depois de ouvir os mimos, que você já ouviu também, que o nosso doente nos dispensa. Mas as considerações profissionais não são as únicas que contam e uma pessoa não pode fazer demasiadas concessões num caso destes.

— Mas de que caso se trata? — perguntei-lhe. — Prometeu que me diria se eu ficasse com o lugar.

O encolher de ombros do Dr. Theobald era digno da profissão de que ele parecia destinado a ser um simples adorno; tal facto não era incompatível com qualquer outra interpretação adicional. Logo a seguir, assumiu uma atitude mais rígida. Penso que o interpelara mais ou menos como um cavalheiro. No entanto, afinal de contas, eu era só um enfermeiro. Pareceu lembrar-se, subitamente, desse facto e aproveitou a ocasião para mo fazer recordar.

— Ah — respondeu-me —, isso foi antes de eu saber que não tinha nenhuma experiência; e devo dizer que fiquei surpreendido por o Sr. Maturin o contratar depois de saber isso; mas vai depender de si a duração da minha autorização para que tão curiosa experiência continue. E quanto ao problema que há com ele, meu caro amigo, não vale a pena dar-lhe uma explicação que seria verdadeiro chinês para si; além disso ainda tenho de pôr à prova os seus méritos. Devo dizer, no entanto, que aquele pobre cavalheiro representa para já um caso muito complexo e penoso que, por si só, constituiria um pesado encargo. Se a isso acrescentarmos outros aspetos, a situação torna-se quase insuportável. Além do mais, não quero discutir o meu paciente por agora; mas certamente que irei lá vê-lo se tiver tempo.

Foi vê-lo cinco minutos depois. E ainda por lá se encontrava quando regressei ao anoitecer. Porém, não recusou o meu bilhete para o *Lyceum*, que Raffles não me autorizaria a usar para proveito próprio, preferindo oferecê-lo ao médico sem o meu consentimento.

— E não se preocupe mais comigo até amanhã — despediu-se Raffles com voz alta e aguda enquanto ele saía.

Depois disse, voltando-se para mim:

— Agora posso chamá-lo quando precisar de si e, pela primeira vez, espero ter uma noite razoável.

— III —

Eram dez e meia quando aproveitámos para sair do edifício, esperando por uma altura em que ninguém entrasse nem saísse do prédio. Foi em silêncio que fechámos a porta do apartamento. No entanto, fiquei surpreendido quando me preparava para descer as escadas. Na verdade, Raffles conduziu-me dois andares acima e aí desembocámos num terraço.

— Há duas entradas neste edifício — explicou-me, sob o céu estrelado e entre chaminés. — Uma que dá para as nossas escadas e a outra que nos leva à rua da esquina. E, como o porteiro é um só e vive na cave por baixo de nós, toma conta apenas da porta mais próxima de casa. Iludimo-lo ao sairmos pelo outro lado e corremos menos riscos de encontrar o velho Theobald. Descobri isto com os carteiros, que sobem por um lado e descem pelo outro. Agora siga-me. Tenha cuidado!

Havia realmente alguma necessidade de atenção, pois cada metade do edifício caía na perpendicular para a rua e, como os parapeitos eram baixos, uma pessoa podia facilmente tropeçar para a eternidade. No entanto, alcançávamos em breve as outras escadas que desembocavam igualmente no terraço. Em breve estávamos num elegante cabriolé, deslizando para leste.

— Não houve grandes mudanças no velho burgo, Bunny. Mais alguns anúncios luminosos... e aquela coisa de terrível mau gosto, embora queira significar algo, que é aquela estátua equestre de adornos dourados: porque é que não escurecem as botas do velho e os cascos do cavalo?... Mais ciclistas, claro. Lembra-se que há tempos atrás a coisa ainda estava no começo. Ainda nos pode vir a ser útil... E ali está o velho clube todo gradeado pelo Jubileu, Bunny, devíamos estar lá. Não nos vamos internar em Picadilly, meu velho. Não podemos ser vistos, e temos de ter muito cuidado no Kellner... Ah, ei-lo! Disse-lhe que tinha fingido que era um americano grosseiro, quando vim ao Kellner? O melhor é desempenhar esse papel enquanto o criado estiver na sala.

Chegámos ao gabinete privado do primeiro andar; e logo à entrada, eu, que já devia conhecer bem Raffles, fiquei petrificado. A mesa estava posta para três. Chamei-lhe a atenção para isso, num murmúrio.

— Porquê? — disse, dando uma entoação anasalada. — Olhe, rapaz, a senhora não vem, mas deixe estar os instrumentos onde estão. Se sou eu quem paga, fica aí tudo.

Nunca estive na América e de forma alguma quero insultar os Americanos, por quem tenho o maior respeito; mas a sintaxe e a entoação impunham-se à minha inexperiência. Tinha de olhar para Raffles para ter a certeza de que era ele a falar e tinha as minhas razões para estar zangado.

— Quem diabo era a senhora? — inquiri, horrorizado, na primeira oportunidade.

— Não existe. Eles não gostam de desperdiçar estas salas só para dois, é só isso; Bunny, meu caro Bunny... aqui vai à nossa!

E tocámos os copos transbordantes do líquido dourado de Steinberg, 1868; mas das raras iguarias desta ceia falha-me a capacidade para as descrever. Não foi uma simples refeição, não foi uma vulgar orgia grosseira, mas uma pequena festa para os deuses exigentes. Pelo menos, digna de Lúculo. E eu que comera, quantas vezes, a minha sopa aguada em Warmwood Scrubs e apertado o cinto num sótão de Holloway, estava agora sentado à mesa com este inefável repasto! Seria estultícia pretender distinguir este ou aquele prato, quando cada um deles era uma obra-prima de culinária; de qualquer forma, deixo uma especial referência ao *Jambom de Westphalie au champagne*. E que dizer da qualidade do champanhe que bebemos? Bem, era *Pol Roger* 84 e excelente para o meu gosto; mas, mesmo assim, não era mais seco nem mais vivo do que aquele alegre velhaco que me tinha arrastado para tão longe, até ao Inferno, e assim continuaria até ao fim. Desde que regressara ao convívio da sociedade, procurara portar-me honestamente com ela. Mas a sociedade não fora honesta comigo. E estava eu preparado para dizer tudo isto a Raffles quando o criado me cortou a palavra trazendo o *Chateau Margaux*; de facto, juntamente com o vinho, era portador também de um cartão em cima duma bandeja de prata.

— Mostre-me — disse Raffles laconicamente.

— E quem é este? — exclamei quando o homem se foi embora.

Raffles, por cima da mesa, apertou-me o braço. Os seus olhos eram pontos de aço fixos nos meus.

— Bunny, fique a meu lado — pediu, com aquela irresistível entoação com aquela voz ao mesmo tempo enérgica e persuasiva. — Apoie-me, Bunny... se houver encrenca!

E não houve tempo para mais nada. A porta abriu-se de repente e uma pessoa elegante entrou com uma vénia; trazia uma sobrecasaca e um *pince-nez* dourado no nariz, um chapéu brilhante numa das mãos e uma mala preta na outra.

— Boa-noite, cavalheiros — disse ele à vontade e sorrindo.

— Sente-se — disse Raffles num tom indolente. — Olhe, deixe-me apresentar-lhe o Sr. Ezra B. Martin, de Chicago. O Sr. Martin é o meu futuro cunhado. Este é o Sr. Robinson, Ezra. O Sr. Robinson é gerente da Sparks e Companhia, a célebre joalharia da Regent Street.

Fiquei atento e limitei-me a esboçar um aceno. Não confiava na minha capacidade de me integrar no meu novo nome e morada.

— Eu contava que *Miss* Martin também estivesse aqui — continuou Raffles —, mas lamento dizer que ela não se sentia muito bem. Largamos para Paris amanhã de manhã, no comboio das nove, e calculou que ficaria muito cansada. Desculpe desapontá-lo, Sr. Robinson; mas tenho estado, como sabe, a divulgar os seus produtos.

Raffles ergueu a mão esquerda até à luz e um anel de diamantes cintilou no dedo mínimo. Podia ter jurado que não se encontrava ali alguns minutos antes. O comerciante tinha uma expressão desapontada, mas por um momento entusiasmou-se quando discursava sobre o valor do anel e o preço porque o aceitavam. Fui convidado a fazer uma estimativa, mas abanei a cabeça discretamente. Raramente fui mais taciturno em toda a minha vida.

— Quarenta e cinco libras — exclamou o joalheiro — e seria barato por cinquenta guinéus.

— Está certo — confirmou Raffles — estou de acordo que seria muito barato. Mas, meu rapaz, ia receber logo em dinheiro, não se esqueça disso.

Eu não insisto muito sobre o meu próprio embuste neste evento. Fiz simplesmente uma pausa para declarar que apreciava vivamente a peça. Nada poderia ter sido mais típico de Raffles e do passado. Era só a minha atitude que estava mudada. Parecia que a dama mítica, minha irmã, tinha acabado de ficar noiva de Raffles, que manifestava um total desejo de presenteá-la com prendas caras. Não consegui perceber bem de quem e para quem era o anel de diamantes; mas é evidente que fora pago; e eu dava voltas à cabeça só para saber quando e como. Fui obrigado a abandonar os meus pensamentos quando um dilúvio de joias saiu do saco do joalheiro. Brilhavam os seus estojos, como as luzes da sala. Todos os três inclinámos as cabeças sobre elas. Não fazia a mais pequena ideia de como as coisas se iriam desenrolar, mas estava preparado para a eventualidade de um crime violento. Não fora em vão que apanhara dezoito meses de cadeia.

— Certo — estava Raffles a dizer —, nós escolhemos em lugar dela, e o senhor trocará o que ela não gostar. Estamos de acordo quanto a isso?

— Foi essa a minha sugestão, senhor.

— Então vamos lá, Ezra. Espero que conheça o gosto da Sadie. Ajude-me a escolher.

E escolhemos, santo Deus! O que nós não escolhemos? Havia o anel de noivado, um diamante em formato de meia ferradura.

Custava noventa e cinco libras e não houve maneira de ficar por noventa. Depois havia um colar de diamantes de duzentos guinéus, mas aceitavam-se libras. Essa devia ser a prenda do noivo. O casamento estava evidentemente iminente. Competia-me desempenhar o papel de irmão. Portanto, portei-me à altura da ocasião; calculei que ela gostaria de uma estrela de diamantes (cento e dezasseis libras), mas reconheci que era mais do que poderia gastar; e apanhei um pontapé perverso debaixo da mesa. Tinha receio de abrir a boca, mas consegui obter finalmente a estrela pelo preço arredondado de cem. E aí é que foram elas; porque nós não podíamos pagar, embora estivesse a chegar de Nova Iorque uma remessa de dinheiro, de acordo com as palavras de Raffles.

— Mas eu não os conheço, cavalheiros — exclamou o joalheiro. Nem sequer tenho o nome do vosso hotel!

— Já lhe disse que estávamos em casa de uns amigos — disse Raffles, que não estava zangado, embora apresentasse um ar contrariado e chocado. — Mas está bem, senhor! Oh, tem toda a razão, e não serei eu quem lhe irá pedir que corra riscos quixotescos. Estou a tentar descobrir uma solução. Sim, senhor, é o que eu estou a tentar fazer.

— Quem me dera que conseguisse, senhor — disse o joalheiro sentidamente. — Não que ponha em dúvida a sua capacidade de liquidez. Mas sou obrigado a observar certas regras; não me cabe decidir sozinho no negócio; e... o senhor disse que partia para Paris amanhã de manhã!

— No comboio das nove da manhã — repetiu Raffles com ar absorto. — Tenho ouvido muitos louvores sobre as lojas de joalharia em Paris; mas isso não é justo; não faça caso. Estou a tentar arranjar solução. Sim, senhor.

Ele estava a fumar cigarros de uma caixa de vinte e cinco; o comerciante e eu tínhamos charutos. Raffles estava sentado com as sobrancelhas franzidas e com o olhar denso de significado que me dava a entender que os seus planos tinham falhado. Não pude deixar de pensar, no entanto, que eles tinham razão para se acautelarem.

Não era lógico obter um crédito de quatrocentas libras com a contrapartida de um simples sinal de alguns dez por cento. Mais uma vez. não me pareceu à altura de Raffles, e eu, pela minha parte, permanecia ainda sentado, pronto para, em qualquer momento, agarrar o pescoço do nosso visitante.

— Nós podíamos, de Paris, enviar-lhe o dinheiro pelo correio —, disse, por fim, Raffles, num tom de voz arrastado. — No entanto, que garantia teríamos de nos reservar as peças escolhidas e de que nos enviaria, de facto, os mesmos artigos que escolhemos esta noite, e não outros?

O visitante ficou numa postura rígida na cadeira. O nome da firma devia ser garantia suficiente para isso.

— Acho que conheço tanto o nome deles como eles conhecem o meu — afirmou Raffles, rindo. — Vamos lá a ver... Parece que encontrei a solução. O senhor vai utilizar isto como embalagem.

Tirou os cigarros da caixa estreita enquanto o joalheiro e eu olhávamos interrogativamente.

— Meta dentro disto as três peças que escolhemos — repetiu Raffles — e não se preocupe com os estojos; pode envolvê-las em algodão em rama. Depois pedimos cordel e lacre, selamos a encomenda aqui mesmo, e pode levá-la na sua mala. Dentro de três dias, quando recebermos o dinheiro, enviar-lho-emos pelo correio. Por seu turno, o senhor mandar-nos-á pelo correio esta caixa fechada com o selo inviolado! Não vale a pena parecer tão incomodado, Sr. Jooler; o senhor não confia em nós de modo nenhum e, no entanto, vamos confiar um pouco em si. Toque a campainha, Ezra, e vamos ver se eles têm algum cordel e lacre.

E tinham. O comerciante não gostou da ideia por achar a precaução absolutamente desnecessária; mas como ia levar consigo todas as peças, quer as vendidas quer as não vendidas, as suas objeções em breve caíram por terra. Embalou o colar, o anel e a estrela, com as suas próprias mãos, em algodão em rama; e a caixa de cigarros continha-as tão facilmente que, no último momento, quando a caixa estava fechada e o fio pronto, Raffles esteve para juntar-lhe ainda um broche de diamantes em forma de abelha, que custava cerca de cinquenta e uma libras. No entanto, acabou finalmente por não se deixar tentar e desistiu da peça, para grande desgosto do outro. A caixa de cigarros foi atada, e o cordel selado, de uma maneira algo excêntrica, com o anel de diamantes que fora comprado e pago.

— Espero sinceramente que tenha outro anel destes na loja — riu Raffles enquanto entregava a caixa e esta desaparecia na pasta do comerciante. — E agora, Sr. Robinson, espero que tenha apreciado o meu sentido de hospitalidade em não lhe ter oferecido nada para beber enquanto decorria o negócio. Mas chegou a hora de prestarmos homenagem a esta garrafa de *Chateau Margaux*. É aquilo a que o senhor chamaria uma peça de dezoito quilates.

Na carruagem que apanhámos para as vizinhanças do apartamento, fui instantaneamente repreendido por fazer perguntas que o condutor podia ouvir facilmente. Fiquei um pouco ressentido. Não fora tido nem achado no negócio de Raffles com o homem de Regent Street e estava naturalmente curioso quanto ao seu significado. Contudo, reservei as perguntas até chegarmos ao apartamento, onde entrámos com as mesmas precauções com que tínhamos saído, até Raffles me sossegar com uma mão em cada ombro e com o velho sorriso na sua face.

— Meu caro Bunny! — exclamou. — Porque não podia estar calado até chegarmos a casa?

— Porque não me disse antecipadamente o que ia fazer?

— Por dois motivos: primeiro, porque quando você desconhece as coisas tem uma expressão de inocência que me é útil; segundo, porque não saberia o que fazer. Parecia tão confundido como o outro pobre diabo; mas não estaria se tivesse sabido qual era realmente o meu jogo.

— E qual era?

— Este — disse Raffles, e pousou com ruído a caixa de cigarros em cima da prateleira da chaminé. Não estava atada, nem selada. Abriu-se com a força do impacto. E o anel de diamantes que custava noventa e cinco libras, o colar de duzentas libras e a estrela chamejante de cem libras, todas as três peças estavam em segurança envolvidas no algodão em rama utilizado pelo joalheiro!

— Caixas iguais! — exclamei.

— Caixas iguais, meu esperto Bunny; uma já estava embalada e pesada no meu bolso. Não sei se reparou como sopesei as três peças na minha mão? Sei que nenhum de vós me viu trocar as caixas, pois eu fi-lo quando mostrei a tentação de, quase no fim, querer adquirir o broche. Nessa altura, você estava demasiado confundido e o outro demasiado ganancioso. Foi a parte mais fácil do jogo. Entretanto, pedira ao velho Theobald que fosse a Southampton, ontem à noite, para me fazer um recado, o que me permitiu passear à vontade em plena Regent Street enquanto ele estava fora. Mas há coisas valiosas por que vale a pena nos arriscarmos. Belas caixas, não são? Só gostava que contivessem melhores cigarros! Mas uma marca que desse nas vistas era essencial; se tivesse escolhido uma caixa de *Sullivans* era como se tivesse posto a minha assinatura.

— Mas é preciso que eles não abram amanhã a caixa!

— Não o farão, na verdade. Entretanto, Bunny, posso precisar de si para vender o saque.

— Pode contar comigo até à morte.

Juro que punha toda a minha sinceridade nas minhas palavras, mas Raffles quis buscar essa verdade no meu espírito. Os seus olhos, frios como o aço, fitaram os meus, como se quisessem penetrar no meu cérebro. Não obstante, o que viu pareceu satisfazê-lo ainda mais do que as palavras que escutara, pois a sua mão encontrou a minha apertando-a com fervor.

— Eu sei, eu sabia que podia contar consigo. Lembre-se só, Bunny, de que é a minha vez de recompensar.

Os meus leitores hão-de vir a saber, a seu tempo, como é que ele pagou, quando chegar a altura.

Um presente majestoso

A Sala Dourada do Museu Britânico é provavelmente bastante bem conhecida do visitante curioso e do turista americano. Um verdadeiro londrino, no entanto, como eu próprio, nunca tinha ouvido falar nela até Raffles casualmente me propor uma ida até lá.

— A Sala Dourada é uma sala cheia de soberanos?

Raffles riu suavemente fazendo troça.

— Não, Bunny, o seu nome deriva do facto de ter um conjunto de ornamentos arcaicos, cujo valor, admito, é amplamente sobrevalorizado. Mas ouro é ouro, da Fenícia até Klondike, e se limpássemos a sala faríamos seguramente um bom trabalho.

— Como?

— Fundia-o todo e fazia lingotes.

— E depois?

— Fazia-os pagar bem em dinheiro ao balcão do Banco de Inglaterra. E pode fazê-lo.

Isso eu sabia, e por isso não disse nada por um momento, permanecendo num silêncio crítico embora hostil, enquanto dávamos passadas sobre o pavimento fresco e escuro, com os pés descalços, com suavidade de felinos.

— E como se consegue chegar até lá — perguntei por fim — para que valha a pena?

— Ah, aí é que está — disse Raffles. — Só pretendo fazer um reconhecimento do terreno para ver o que vale a pena. Teremos de encontrar algum esconderijo para uma noite; penso que será a única hipótese.

— Já esteve lá alguma vez?

— Não desde que adquiriram uma bela peça, embora pequena, e que se encontra agora, creio, em exposição. Já há muito tempo que li algo sobre isso... não me lembro onde... mas sei que arranjaram uma taça de ouro que deve valer vários milhares. Um grupo de pessoas imoralmente ricas cotizaram-se e ofereceram-na à nação; e duas pessoas ricamente imorais tencionam, por seu turno, oferecê-las a si próprias. De qualquer modo, podemos ir dar uma olhadela, não acha, Bunny?

Se achava! Agarrei-lhe o braço.

— Quando? Quando? Quando? — perguntei como uma metralhadora.

— Quanto mais depressa melhor.

— Bem, então, quando... quando? — comecei a repetir.

— Amanhã, se quiser.

— Só para ver?

A limitação causava-me um certo desgosto.

— Temos de proceder assim, Bunny, antes de fazermos o golpe.

— Muito bem — suspirei. — Mas então é amanhã!

E foi realmente no dia seguinte.

Eu vi o porteiro nessa noite e penso ainda hoje que comprei a sua obediência absoluta por algumas moedas. A minha história, no entanto, inventada por Raffles, era suficientemente verosímil. Aquele homem doente, Sr. Maturin (tinha de me lembrar de o chamar por este nome), estava realmente, ou na aparência, necessitado de ar fresco. O Dr. Theobald não lhe permitia nenhum; ele insistia comigo para que o levasse, pelo menos um dia, a passear no campo, enquanto este glorioso tempo durasse. Da minha parte, estava convencido que nenhum mal poderia daí resultar. Ajudar-me-ia o porteiro numa ação tão inocente e meritória? O homem hesitou. Ofereci-lhe meio soberano. O homem perdeu-se. E às oito e meia da manhã seguinte — antes do dia começar a aquecer — Raffles e eu fomos para Kew Gardens num landau alugado que foi chamado para nos ir buscar ao meio-dia e esperar que regressássemos. O porteiro tinha-me ajudado a transportar o inválido pelas escadas abaixo, numa cadeira de rodas alugada (como o landau) no Harrod's Stores, para a ocasião.

Passava pouco das nove quando entrámos vagarosamente nos jardins; às nove e meia, o meu inválido já estava farto e apoiou-se vacilante ao meu braço; uma carruagem, uma mensagem para o nosso cocheiro, um comboio oportuno para Baker Street, outra carruagem, e estávamos no Museu Britânico — agora em andamento normal — não muitos minutos depois da hora de abertura, às dez.

Era um daqueles dias resplandecentes que não será esquecido por muitos que estavam na cidade na altura. O Jubileu de Diamante[1] estava quase a dar-se e o tempo estava à altura dos festejos. Na verdade, Raffles considerou que o calor era tanto que se sobrepunha ao da Itália e da Austrália ao mesmo tempo; e claro que as curtas noites de verão não eram suficientes para refrescarem as ruas e os edifícios. No Museu Britânico, os pombos arrulhavam entre as sombras das colunatas escurecidas e os robustos porteiros pareciam menos robustos do que o costume, como se as suas medalhas pesassem de mais para eles. Reconheci alguns investigadores habituais indo para o seu trabalho, sob a cúpula; quanto a visitantes devíamos ser os primeiros.

— É aquela sala — disse Raffles, que comprara o guia de dois *penny*, enquanto o estudávamos no banco mais próximo.

— Número 43, lá em cima, virando logo à direita. Vamos, Bunny!

Fez o caminho em silêncio, mas com passadas compridas e idênticas, deixando-me intrigado pela sua forma de andar até que chegámos ao corredor que conduzia à Sala Dourada. Aí, virou-se por breves instantes para mim.

---

[1] No ano de 1897, ocorreu o jubileu de ouro, ou de diamante, da rainha Vitória, numa espécie de apoteose em que os Ingleses a consideravam como o símbolo vivo do Império.

— Cento e trinta e oito metros daqui até à rua — disse Raffles. — Sem contar com as escadas. Suponho que conseguiríamos fazer isto em vinte segundos, mas para isso temos de saltar os portões. Não se esqueça de que não pode «molengar», Bunny, quer queira ou não.

— Mas falou num esconderijo para a noite?

— É verdade... para toda a noite. Temos de voltar para trás, escondermo-nos em qualquer lado e juntarmo-nos aos visitantes no dia seguinte... depois de termos conseguido o que queríamos.

— O quê! Com o ouro nos bolsos...

— E ouro nas botas, e nas mangas e debaixo das calças! Deixe isso comigo, Bunny, porque irá experimentar vestir duas calças cosidas junto à bainha! Isto é só um reconhecimento preliminar. E cá estamos.

Não está no meu engenho descrever a chamada Sala Dourada, com a qual não fiquei nem um pouco desapontado. As vitrinas, cheias e alinhadas, podiam conter exemplos únicos da arte de ourivesaria de tempos e locais de que nos fartamos de ouvir ao longo de uma educação clássica; mas, de um ponto de vista profissional, teria preferido encontrar, numa única montra do West End, uma seleção do acervo etrusco e da Grécia Antiga. Seguramente, nem tudo o que luz é ouro e muitas das peças não teriam mais do que um banho dourado. Outras dariam muito nas vistas para uso particular. É por isso que não gostaria de ser visto a usar um dos anéis expostos; mas o maior logro de todos (do ponto de vista já citado) seria seguramente a própria taça à qual Raffles já fizera referência, apesar de ele ter também consciência desse facto.

— Ora, é tão fina como papel — disse — e maquilhada como uma dama de meia-idade bem conservada! Mas, caramba, é uma das coisas mais belas que já vi na minha vida, Bunny; por Deus, gostava de a ter só pelo prazer de a possuir!

A taça estava num pequeno estojo de vidro, num dos cantos ao fundo da sala. Admito que Raffles fingisse pretender que a queria apenas pela sua beleza, mas, pela minha parte, não me sentia disposto a vê-la sob essa luz. Por baixo estavam os nomes dos plutocratas que se tinham subscrito para esta ostentação nacional e eu perguntei a mim próprio de onde é que teriam vindo aquelas oito mil libras. Raffles, entretanto, devorava o guia tão vorazmente como um estudante com zelo pela cultura.

— Aquelas são cenas do Martírio de Santa Inês — afirmou. — A transparência do relevo... um dos melhores exemplares do seu género.

— Penso que sim!

— Bunny, seu filisteu, porque não analisa as peças pela sua beleza? Vale a pena viver só para ver isto! Nunca houve tão bela esmaltagem sobre ouro tão fino; e que extraordinária coisa seria apreciar a sua leveza e finura, se levantássemos a tampa! Pergunto-me se a poderíamos levantar, Bunny, de uma maneira ou outra...

— O melhor é experimentar, senhor — disse uma voz seca atrás de si.

O imprudente Raffles devia ter pensado que éramos os únicos na sala, para falar daquela maneira. E eu, que devia estar atento, de forma também imprudente deixara-o vaguear sem me preocupar com a vigilância. E aqui tínhamos um polícia impassível a olhar para nós, com o uniforme de verão, o apito pendurado na corrente, mas sem cassetete. Céus! Lá estava ele à nossa frente; um homem de estatura média, com uma cara larga, bem-humorada, transpirada, e um bigode descaído. Olhava severamente para Raffles, e Raffles olhava-o alegremente.

— Vai-me prender, senhor guarda?! — perguntou. — Isso teria piada... caramba!

— Eu não disse isso, senhor — replicou o polícia. — Mas é uma conversa estranha, para um cavalheiro como o senhor, a que está a ter aqui no Museu Britânico!

E abanou o capacete na direção de Raffles, que abandonara algures a cadeira de rodas e o aspeto de inválido, para vir passear de casaca e chapéu alto, para estar à altura de papéis como este.

— O quê! — exclamou Raffles. — Simplesmente por dizer ao meu amigo que gostava de levantar a taça de ouro? Ora, senhor guarda, é claro que gostava! Não estou preocupado por me terem ouvido dizer isso. É uma das peças mais belas que já vi em toda a minha vida.

A cara do polícia perdeu os traços rígidos. E agora um sorriso aparecia debaixo do descaído bigode.

— Ouso dizer que há muita gente a pensar como o senhor — respondeu.

— Exatamente; e só digo aquilo que sinto, é só isso — disse Raffles alegremente. — Mas agora a sério, senhor guarda, uma coisa tão valiosa está bem segura numa vitrina como aquela?

— Suficientemente segura enquanto eu aqui estiver — replicou o outro, entre o gracejo e um ar resoluto. Raffles estudou-lhe a expressão; ele ainda estava a observar Raffles; e eu mantinha-me com um olho em cada um sem dizer palavra.

— O senhor parece estar sozinho — observou Raffles. — Isso é sensato?

Havia uma nota de ansiedade na sua voz, reveladora de uma preocupação pelo bem público, embora estivesse subjacente o interesse privado. Na aparência, era o interesse do amante das coisas de arte, preocupado como ninguém pelo património do país. E, em abono da verdade, estávamos só nós os três na sala; quando tínhamos entrado estavam uns dois visitantes, mas agora, além de nós, não havia mais ninguém.

— Não me encontro sozinho — disse o agente tranquilamente. — Vê aquele assento junto à porta? Um dos empregados senta-se ali todo o dia.

— Então onde é que ele está agora?

— A falar com outro empregado lá fora. Se prestar atenção, consegue ouvi-los.

Escutámos e ouvimo-los, mas as suas vozes não pareciam vir de longe. Perguntava a mim próprio se estavam no corredor por onde nós tínhamos vindo; parecia-me antes que se encontravam à saída do corredor.

— Refere-se ao fulano que estava ali com um taco de bilhar quando nós entrámos? — continuou Raffles.

— Aquilo não era um taco de bilhar! Era um ponteiro — explicou o bem informado agente.

— Devia ser uma azagaia! — disse Raffles nervosamente.

— Devia ser uma alabarda! O património nacional devia estar mais bem defendido. Vou escrever para o *Times* acerca disto... vai ver se não vou!

De imediato, ainda que gradualmente, para não levantar suspeitas, Raffles tornara-se num idoso intrometido e nervoso; nem eu, nem muito menos o guarda, conseguimos perceber a razão daquela atitude.

— Deus o abençoe pela sua atenção, senhor — respondeu o polícia. — Mas estou bem. Não se preocupe comigo.

— Mas você nem sequer tem um cassetete!

— Nem é preciso! Sabe, senhor, ainda é cedo; dentro de poucos minutos esta mesma sala estará à cunha; e há a segurança feita por todos, como se costuma dizer.

— Oh! vai ficar cheia, não vai?

— A qualquer momento, senhor.

— Ah!

— É muito raro ficar assim vazia tanto tempo, senhor. Suponho que é por causa do Jubileu.

— Entretanto, o que é que acontecia se eu e o meu amigo fôssemos ladrões profissionais? Ora, nós tínhamo-lo derrubado num instante, meu caro amigo!

— Isso é que não tinham; pelo menos sem deitar isto tudo abaixo com o rebuliço.

— Bem, de qualquer forma vou escrever para o *Times*. Sou um amante de arte e não quero que se corram riscos desnecessários com o património nacional. Você disse que havia um empregado mesmo aqui fora, mas ouço-o ao longe como se ele estivesse na outra ponta do corredor. Vou escrever hoje.

Por um instante escutámos os três; e Raffles tinha razão. Depois reparei em duas coisas num só relance. Raffles tinha recuado uns centímetros e equilibrou-se devidamente em cada pé, com os braços meio levantados e uma luz estranha no olhar. Um outro tipo de feição começou a figurar nas feições grosseiras do nosso amigo guarda.

— Então querem que lhes diga o que faria? — exclamou, agarrando subitamente na corrente do apito que encontrava no peito. O apito deslocou-se, mas não chegou aos seus lábios. Ouviu-se um par de pancadas sonoras, como uma descarga dupla de espingardas, feita ao mesmo tempo, e o homem cambaleou na minha direção, enquanto eu o agarrava para o deixar cair suavemente.

— Bem feito, Bunny! Pu-lo fora de ação... pu-lo fora de ação! Corra para a porta e veja se o empregado ouviu alguma coisa. Se assim for, distraia-o.

Agi mecanicamente. Não havia tempo para pensar, e ainda menos para queixas e repreensões, embora o meu espanto deva ter sido ainda maior do que o do polícia antes de Raffles o pôr inconsciente. Mesmo atuando precipitadamente, a cautela instintiva do verdadeiro criminoso não me abandonou. Corri para a porta, mas entrei no corredor com passadas vagarosas, detendo-me em frente a um fresco de Pompeia; e lá estavam os dois empregados ainda a conversar bem longe da porta; nem sequer ouviram o barulho discreto que chegou aos meus ouvidos enquanto os observava pelo canto do olho.

Estava um tempo quente, como já disse, mas a transpiração do meu corpo parecia ter-se transformado em gelo. E depois reparei no reflexo da minha própria cara na armação do fresco e fiquei assustado com o meu aspeto enquanto Raffles se me juntava com as mãos nos bolsos. Porém, o meu medo e indignação duplicaram quando, num simples relance, me convenci de que os seus bolsos estavam tão vazios como as suas mãos e de que a sua disparatada ação fora a mais injustificada e imprudente de toda a sua carreira.

— Ah, muito interessante, muito interessante, mas nada que se assemelhe ao que existe nos museus em Nápoles ou mesmo em Pompeia. Tem de lá ir qualquer dia, Bunny. Sou até bem capaz de ir consigo. Entretanto... caminhemos devagar! O pobre não mexeu uma pestana. Podemos ficar tramados se você mostra pressa.

— Eu só, não! — murmurei. — Nós!

E senti bater os joelhos quando nos aproximámos dos empregados que conversavam. Mas Raffles quis interrompê-los para lhes perguntar o caminho para o Salão da pré-História.

— Ao cimo das escadas.

— Obrigado. Assim prosseguiremos depois pelo sector da arte egípcia.

E deixámo-los continuando a sua providencial conversa.

— Acho que é louco — disse-lhe amargamente quando seguimos.

— Acho que *fui* — admitiu Raffles —, mas agora já não sou e vou levá-lo daqui para fora. Cento e trinta e oito metros, não era? Por isso, agora não devem ser mais de cento e vinte... nem isso. Devagar, Bunny, pelo amor de Deus! Caminhemos devagar... pela nossa segurança.

Esta foi a nossa única preocupação, pois tudo o mais foi fruto de uma sorte colossal. À saída, enquanto um passageiro acabado de sair de um cabriolé pagava ao cocheiro, nós aproveitámos de imediato para entrar para a carruagem. Raffles gritou «Charing Cross» para toda a gente ouvir.

Tínhamos virado para Bloomsbury Street sem trocarmos uma palavra, quando ele deu um murro no alçapão.

— Para onde diabo é que nos está a levar?

— Charing Cross, senhor.

— Eu disse King's Cross! Dê a volta e avance a toda a velocidade ou perderemos o nosso comboio! Há um para Iorque às dez horas e trinta e cinco — acrescentou Raffles quando se fechou com estrépito a porta do alçapão. — Saímos aí, Bunny, e depois escapamo-nos pela passagem subterrânea até ao Metropolitan e, depois, pela Baker Street e por Earl's Court.

E, na verdade, meia-hora depois estava sentado na cadeira de rodas alugada. Só então, quando por fim ficámos sozinhos, disse a Raffles, num tom áspero, ainda dentro dos limites da boa educação, o que, franca e exatamente, pensava dele e da sua última façanha. Nunca falara a ninguém com tanta rudeza. E Raffles, como ninguém, ouviu a minha diatribe sem um murmúrio, ouvindo tudo até ao fim, tão espantado que nem tirara o chapéu, embora eu estivesse convencido de que as suas sobrancelhas se tinham arqueado.

— Esta é a sua maneira diabólica de atuar — concluí num tom cortante. — Pensa uma coisa e diz-me outra...

— Juro-lhe, Bunny, que isso não sucedeu hoje!

— Pretende convencer-me de que realmente a sua ideia inicial era a de encontrar um esconderijo para uma noite?

— Claro que foi.

— Que só pretendia fazer um simples reconhecimento de terreno!

— Não houve fingimento quanto a isso, Bunny.

— Então, por que diabo fez o que fez?

— O motivo será óbvio para qualquer um menos para si — disse Raffles, ainda que sem aspereza. — Foi a tentação surgida no último momento... o impulso final surgido numa fração de segundo, quando o guarda se apercebeu da minha tentação e procurou reagir. Não me orgulho de ter feito o que fiz e não me sentirei tranquilo até que os jornais me digam que o pobre diabo se encontra bem. Todavia, fazê-lo desmaiar era a nossa única hipótese na altura.

— Porquê? Ninguém vai preso por sofrer uma tentação ou por dizer que a teve!

— Mas mereceria ser preso se não tivesse cedido à tentação, Bunny. Foi uma oportunidade única! Poderíamos passar o resto da nossa vida a visitar o museu sem nunca termos a sorte de estarmos sozinhos na sala, com os vigilantes ausentes e apenas a presença de um guarda. Foi uma dádiva dos deuses; se não a aproveitasse, seria desdenhar de uma oferta divina.

— Mas você acabou por não roubar nada — disse-lhe. — Foi lá, fez o que fez e sem qualquer benefício.

Gostaria de ter tido à mão uma Kodak para registar o sorriso que Raffles me dirigia, ao mesmo tempo que abanava a cabeça. Era o sorriso que reservava para os momentos exaltantes das nossas ações marginais. E continuava com o chapéu na cabeça, ligeiramente inclinado para os olhos. Já não tinha as sobrancelhas arqueadas. E só agora eu percebia onde se encontrava a taça de ouro.

*

Ficou durante dias sobre a prateleira da chaminé, este troféu valioso cuja história e destino encheram colunas de jornais, apesar das festividades do Jubileu. A fina flor da Scotland Yard procurava-o com tenacidade. Quanto ao guarda, viemos a saber que só tinha ficado atordoado. A partir do momento que lhe trouxe o jornal da tarde com as notícias, o moral de Raffles elevou-se para um estado contraditório com o seu temperamento invariável, tão pouco usual nele como o súbito impulso sob o qual agira. A taça atraía-me tão pouco agora, como pouco me atraíra quando se encontrava no museu. Podia ser requintada, elegante, mas era tão leve que o ouro nela existente mal daria, fundido, uma importância que se visse. E, além do mais, Raffles disse que nunca a fundiria!

— Roubá-la foi uma ofensa às leis do país, Bunny. Isso não tem importância. Mas, destruí-la, isso seria um crime contra Deus e contra a arte e Deus me livre de o fazer em nome de todos os santos!

Para isto não havia qualquer resposta; perante tal situação, tornavam-se inúteis quaisquer comentários; e a única atitude possível era uma pessoa encolher os ombros e rir-se. Contudo, este aspeto foi pouco realçado pelos jornais, que descreviam Raffles como um jovem elegante e o seu involuntário cúmplice como um velho com ar de vagabundo.

— Referem-se a nós com grande relevo, Bunny — afirmou —, mas nenhum deles faz justiça à minha querida taça. Olhe para ela; olhe só para ela, homem! Alguma vez alguma coisa foi tão rica e no entanto tão simples? Santa Inês deve ter passado um mau bocado, mas quase valeria a pena o sacrifício ao passar-se para a posteridade num esmalte e num ouro tão artísticos. Para não falar da história da peça. Já imaginou que tem quinhentos anos de idade e que pertenceu a Henrique VIII e a Isabel, entre outros? Bunny, quando eu for cremado, pode pôr as minhas cinzas naquela taça e podemos jazer os dois na mesma cova!

— E entretanto?

— É a alegria do meu coração, a luz da minha vida, a delícia dos meus olhos.

— E suponha que outros olhos a veem?

— Jamais deverão! Jamais poderão!

Raffles teria sido demasiado absurdo se ele próprio não tivesse consciência da sua incongruência; havia, no entanto, uma sinceridade subjacente na sua apreciação de toda e qualquer forma de beleza, que toda a sua insensatez nunca poderia ocultar. E a sua paixão pela taça era, como declarou, totalmente desinteressada, uma vez que as circunstâncias o impediam de usufruir do gozo próprio do colecionador, que é o de mostrar o tesouro aos amigos. Por fim, contudo, e ainda no auge da sua paixão, Raffles e o bom-senso pareceram reencontrar-se outra vez, tão subitamente como quando se tinham separado na Sala Dourada.

— Bunny — exclamou, atirando o jornal através da sala — Tive uma ideia que corresponde à sua vontade. Finalmente sei onde é que a hei de colocar!

— Refere-se à taça?

— Sim.

— Então dou-lhe os parabéns.

— Obrigado.

— Pelo bom-senso ter regressado ao seu espírito.

— Muitíssimo obrigado. Mas você tem sido extremamente desagradável acerca disto, Bunny, e acho que não lhe vou dizer o meu plano até ter tudo concluído.

— O que vai levar algum tempo.

— Quer dizer que vai deixar-me sair à vontade, hoje à noite, por uma hora ou duas. Amanhã é domingo, o Jubileu é na terça, e o velho Theobald está de regresso por essa altura. Não interessa se ele regressa ou não, se você se demorar a agir.

— Não me posso demorar. Eles não ficam abertos. Não, não vale a pena fazer qualquer pergunta. Saia e compre-me uma caixa de bolachas Huntley & Palmer; do género que você quiser, só que tem de ser dessa marca, e necessariamente a maior caixa que houver à venda.

— O que tem em mente, meu caro?

— Nada de perguntas, Bunny; faça o seu papel, que eu faço o meu.

A astúcia e a vitória espelhavam-se na sua face. Era quanto bastava para mim e, um quarto de hora depois, regressava com o que ele me pedira. Logo a seguir, Raffles abriu a caixa e despejou todas as bolachas em cima da cadeira mais próxima.

— Agora, jornais!

Fui buscar uma pilha. Ele fez um aceno de despedida à taça de ouro, embrulhou-a em jornais e mais jornais e finalmente embalou-a na caixa de bolachas vazia.

— Agora, papel de embrulho. Não quero passar por um marçano.

Estava feito um embrulho impecável, quando o cordel ficou atado com as pontas cortadas; o que foi mais difícil foi disfarçar o próprio Raffles de tal maneira que nem o próprio porteiro o reconhecesse quando desse de caras com ele na esquina. E o Sol ainda ia alto. Mas Raffles partiu e, quando o fez, eu próprio tinha dificuldade em o identificar.

Esteve ausente cerca de uma hora. Era quase escuro quando voltou e a minha primeira pergunta foi quanto ao nosso perigoso aliado, o porteiro. Raffles, à ida, passara despercebido, mas evitara encontrar-se com ele à volta. Conseguiu isso, entrando pela outra porta que dava para o telhado. Respirei fundo novamente.

— E o que fez com a taça?

— Penhorei-a.

— Por quanto? Por quanto?

— Deixe-me pensar. Apanhei duas carruagens, o envio pelo correio custou meio xelim e mais dois pence para o registo. Sim, gastei exatamente cinco xelins e oito pence.

— Custou-lhe isso? Mas o que recebeu em troca, Raffles?

— Nada, meu rapaz.

— Nada!

— Nem um tostão furado.

— Não me surpreende. Nunca pensei que ela tivesse valor no mercado. Disse-lhe isso logo no princípio — repliquei, irritadamente. — Mas que diabo é que fez com aquilo?

— Mandei-a para a Rainha.

— Não pode ser.

Malandro é uma palavra com muitas aceções, e sempre conhecera Raffles como um malandro; mas agora, pela primeira vez, via-o como um ingénuo de cabelos grisalhos, como uma criança traquinas e brincalhona.

— Bem, enviei-a ao cuidado de *Sir* Arthur Bigge, para oferecer a Sua Majestade, com as homenagens de um leal súbdito ladrão. Espero que isto o satisfaça — disse Raffles. — Pensei que se a remetesse diretamente para a Soberana, a polícia a intercetaria e poderia chegar até a mim. Assim, enviei-a para um fiel mensageiro e, ainda por cima, registada. Quando se quer fazer alguma coisa, que se a faça bem feita!

— Mas por que diabo — resmunguei — procedeu assim?

— Meu caro Bunny, há mais de sessenta anos que somos governados pela mais excelente rainha que o mundo já conheceu. E todo o mundo aproveita este momento solene para prestar homenagem à nossa Soberana. Todas as nações depositam a seus reais pés tudo o que têm de melhor; todas as classes da comunidade procedem de igual modo, de acordo com os seus meios... exceto nós. Tudo o que fiz foi isentar de mácula a nossa confraria.

Acabei por concordar, por partilhar da sua posição moral. Disse-lhe que ele sempre foi e sempre seria um homem de espírito desportivo e apertei a sua audaciosa mão na minha; mas, ao mesmo tempo, ainda me sentia apreensivo.

— Suponha que nos descobrem?

— Não há nada para descobrir numa caixa de bolachas da Huntley & Palmer — replicou Raffles. — Foi por isso que lhe pedi para trazer uma. E não escrevi nem uma palavra no papel para que não chegassem até nós através da forma de escrever. Limitei-me a juntar um postal com as palavras de homenagem impressas... mais meio *penny* para a conta... postal esse que poderia ter sido comprado em qualquer posto do correio do Reino. Não, meu velho, a polícia era o verdadeiro perigo; e há um certo inspetor que gostaria de me deitar a mão. Só pensar nele me faz securas. Bunny, traga *whisky* e *Sullivans* para dois, se faz favor.

Daí a pouco, Raffles tocava com o seu no meu copo.

— À Rainha — brindou. — Que Deus a abençoe!

O destino de Faustina

Mar-ga-ri,
e perzo a Salvatore!
Mar-ga-ri,
Ma l'ommo è cacciatore!
Mar-ga-ri,
Nun ce aje colpa tua!
Chello ch'é fatto, un ne parlammo ochieù!

Um realejo despejava pelas nossas janelas abertas uma música metálica, enquanto uma voz de cana rachada triturava as palavras que acima transcrevi para que os leitores que conheçam a Itália ou as coisas italianas a possam identificar. Não me irão agradecer por lhes lembrar uma canção tão em voga ultimamente naquela terra de aloés e céus azuis; mas, pelo menos, não é provável que a tomem como o acompanhamento grosseiro de uma tragédia, como comigo sucedeu.

Tinham chegado os primeiros calores de agosto e era hora da legítima e necessária sesta para aqueles que fazem da noite dia. Estava, pois, a fechar a janela com raiva, e perguntando a mim próprio se não devia fazer a mesma coisa com a de Raffles, quando ele apareceu no pijama de seda a que a solicitude crónica do Dr. Theobald o tinha confinado de manhã à noite.

— Não faça isso, Bunny — pediu-me. — Até gosto dessa coisa e quero ouvi-la. A propósito, que aspeto têm os «concertistas»?

Pus a minha cabeça de fora para ver. Esta era a primeira regra estabelecida entre nós: Raffles nunca se devia mostrar a nenhuma das janelas. Lembro-me ainda de como senti nos cotovelos o calor do peitoril, quando me inclinei e olhei para baixo para satisfazer uma curiosidade para a qual não via qualquer interesse.

— Vagabundos de aspeto sujo — respondi-lhe sobre o ombro — escuros mas escuros: queixos azulados, caracóis oleosos e brincos; esfarrapados, mas sem nada de pitoresco!

— Napolitanos por toda a parte — murmurou Raffles atrás de mim — e este é o traço característico: um parceiro canta, enquanto o outro toca; na Itália é vulgar encontrarem-se grupos deste género.

— O cantor tem cá um aspeto... — repliquei quando a canção acabou. — Meu Deus, que dentes! Está a olhar cá para cima, todo arreganhado; atiro-lhes algumas moedas?

— Bom, não tenho razões para gostar dos napolitanos; mas faz-me voltar ao passado... faz-me voltar ao passado! Sim, aqui tem, para cada um!

Raffles pôs-me nas mãos um par de meias coroas sem que eu reparasse no seu valor. Atirei-as para a rua como se fossem simples *pennies* e, quando me apercebi do valor das moedas, já era tarde. E enquanto os italianos, na medida do possível, faziam vénias à esquerda e à direita, voltei-me para Raffles para protestar contra um tão pródigo desperdício. Mas Raffles andava para trás e para diante, com a cabeça descaída e uma expressão preocupada; e as suas palavras impediram-me de o censurar.

— Fizeram-me recuar no tempo — repetia — Meus Deus, como eles me fizeram voltar ao passado!

Subitamente interrompeu a sua marcha.

— Você não pode compreender, meu velho Bunny, mas se estiver disposto a ouvir-me, vai perceber. Já há muito que estava para lhe contar esta história, mas nunca me senti com disposição para isso e não é o tipo de coisa que se fale só por falar. Não é uma história para crianças, Bunny e não tem nada de cómico; pelo contrário, tem-me perguntado várias vezes porque o meu cabelo ficou branco e agora vai saber porquê.

Fiquei perfeitamente intrigado, sobretudo pelo tom de voz e pela expressão de Raffles. Nunca o vi assim. O seu rosto ora se suavizava, ora endurecia sucessivamente. Nunca lhe notara uma expressão tão dura. Nem tão suave. E o mesmo pode ser dito da sua voz, ora revelando sentimento de ternura, ora passando, para minha perplexidade, para tonalidades de grande dureza. Porém, isto só ocorreu para o fim da sua narração; porque, no seu começo, fê-lo na sua forma típica, embora eu tivesse desejado uma explicação menos amável sobre a ilha de Elba, onde, segundo ele, encontrara um grande espírito humanitário.

«Mortífero, meu caro Bunny, não é a palavra adequada para aquele rochedo célebre, ou para os moluscos que o habitam. Mas aquela gente começou por ferir a minha vaidade, talvez porque fosse, afinal, uma pessoa preconceituosa. Surgi no meio deles como um marinheiro náufrago... o único sobrevivente... tendo perdido as roupas no mar e chegando a terra sem um farrapo... No entanto, manifestaram tanto interesse por mim como você pelos italianos tocadores de realejo. Foram bastante decentes. Não tive de roubar para ter uma refeição decente e um par de calças... teria sido mais excitante se tivesse de o fazer. Mas que local! Napoleão não o suportava, conforme sabe, mas aguentou-se lá mais tempo do que eu. Passei algumas semanas naquelas minas infernais, simplesmente para ter umas luzes da língua italiana; depois atravessei para o continente num pequeno cargueiro; e fiquei ingratamente satisfeito por deixar Elba, resplandecendo num outro pôr do sol idêntico àquele que você tanto admirava.

»O cargueiro dirigia-se a Nápoles, mas primeiro tocou em Baiae, onde eu cuidadosamente desertei pela noite. Há demasiados ingleses, mesmo em Nápoles, embora eu considerasse que seria uma boa zona de ação quando conhecesse melhor a língua e me encontrasse numa posição um pouco diferente. Entretanto, consegui um emprego num dos locais mais belos que eu jamais vira no decurso das minhas viagens. O local era um vinhedo numa encosta sobre o mar e onde trabalhei como marinheiro contratado e como lavador de garrafas. O ordenado era de uma honesta lira e meia por dia — que representa pouco mais de um xelim, mas havia abundância de bom vinho. E, durante oito meses completos, meu rapaz, fui um homem absolutamente honesto. Dei-me a esse luxo, Bunny. Fui mais papista que o Papa, não roubava nem uma uva e corri o excitante perigo de ser esfaqueado, devido aos meus princípios rígidos, pela corja de ladrões a que me tinha juntado.

»Era o tipo de lugar onde toda a esperança se satisfaz... e tudo o resto... especialmente tudo o resto. A recordação desses primeiros momentos acompanhar-me-á até à morte. Mas isso foi nos primeiros tempos, antes de começar a acontecer alguma coisa. Vivia no extremo de um rochedo que se destacava sobre a baía, coberto de vinhas, e com uma velha e estranha casa no topo de tudo, à beira de um precipício de respeito sobre o mar; você podia sentar-se na janela e deixar cair um *Sullivan* a prumo nas águas azuis cinquenta metros mais abaixo.

»Atrás da casa havia um jardim — e que jardim, Bunny — loendros, mimosas, murta, rosmaninho e emaranhados vermelhos de flores bravas e de cores vivas. A um canto desse jardim abria-se uma escadaria subterrânea até ao mar; pelo menos, havia perto de duzentos degraus num túnel de rocha firme; depois, um portão de ferro, e outros oitenta degraus ao ar livre; e, no fim de tudo, uma caverna adequada para piratas. Esta caverna dava para uma das mais belas enseadas de água azul, profunda, entre belos rochedos; e aqui procurava pela embarcação do vinho, um bojudo barril com uma vela castanha, e uma espécie de bote pequeno. O barril levava o vinho para Nápoles, e o pequeno bote suportava o barril.

»Dizia-se que a casa lá em cima ocupava o lugar onde existira uma casa de repouso do admirável Tibério; havia um anfiteatro com as bancadas intactas até hoje, o poço onde ele costumava engordar as suas lampreias, um templo arruinado com velhos tijolos romanos partidos, estreitos como dominós e mais rubros do que cerejas. Nunca fui muito ligado a antiguidades, mas podia-me ter tornado um antiquário ali se não tivesse mais nada que fazer; mas as minhas preocupações eram outras. Quando não estava ocupado com os barcos, tinha de podar as videiras, ou colher as uvas, ou mesmo ajudar a fazer o próprio vinho numa adega fria, escura e bolorenta por baixo de templo. Parece que a estou a ver e a aperceber-me do cheiro... Parece ainda que os meus pés se torturam, cheios de bolhas, a pisar as uvas... Sim, Bunny, pode não ter refletido nisso, mas este bom pé direito, que nunca estava do lado errado da marca quando a bola saía da minha mão, também foi conhecido como...

esmaga os restos de prazer
das uvas sanguíneas de dor.»

Fez uma súbita pausa, como se tivesse tropeçado na verdade por brincadeira. A sua cara encheu-se de rugas. Estávamos sentados na sala que, tempos atrás, estivera despida de móveis; agora havia nela cadeiras de verga e uma mesa, tudo aparentemente em atenção a mim; e assim Raffles escorregava para a sua cama, com um gozo de estudante, a cada toque de campainha. Esta tarde sentíamo-nos relativamente seguros, pois o Dr. Theobald viera de manhã, e a senhora Theobald ainda lhe ocupava muito do seu tempo. Através da janela aberta, conseguíamos ouvir o realejo e a «Mar-ga-ri» uns cem metros mais adiante; pensei que Raffles a escutava enquanto estava em silêncio. Abanou a cabeça abstratamente quando eu lhe estendi os cigarros; e o seu tom a partir daí nunca mais foi o mesmo.

«Não sei, Bunny, se acredita na transmigração das almas. Muitas vezes, pensei que era mais fácil acreditar nisso do que em muitas outras coisas, e eu próprio estou muito mais propenso a acreditar nisso depois de ter estado na «Villa» de Tibério. O bruto que eu conheci como seu dono, se é que ainda está vivo, era um canalha sem sentimentos, como o pior dos imperadores, e tenho muitas vezes refletido que tinha muitas parecenças com Tibério. Possuía o grande nariz sensual dos romanos, olhos que eram poços de iniquidade, um corpo tão gordo que ficava a arfar se caminhava uns metros; sem ser isso, era um belo animal para se observar, com um enorme bigode cinzento como uma gaivota esvoaçante e os modos mais polidos mesmo para os seus homens; mas, na verdade, Bunny, era um dos piores que já existiu; dizia-se que os vinhedos constituíam apenas o seu *hobby*; se assim era, fazia os possíveis para que esse *hobby* fosse rendível. Costumava sair de Nápoles nos fins de semana no bote, quando o mar não estava agitado para os seus nervos e nem sempre vinha sozinho. O seu próprio nome soava de forma pouco saudável: Corbucci. Penso que devo acrescentar que ele era um conde, embora haja em Nápoles condes aos pontapés e em férias todo o ano.

»Sabia um pouco de inglês e gostava de o treinar comigo, para meu desgosto; se eu não podia ocultar a minha nacionalidade, pelo menos não a queria apregoada; e o porco tinha amigos ingleses. Quando ouviu dizer que eu estava a tomar banho em novembro, quando a baía ainda está tão morna como o leite recém-tirado, abanava a sua cabeça velha e dizia: "Você é muito audacioso... muito audacioso!", e não deixava de o dizer em frente dos seus Italianos. Meu Deus, ele tanto insistia na palavra «audácia» que um dia fiz-lhe saber o seu verdadeiro sentido!

»Mas aquele banho, Bunny, foi realmente o melhor que já tomei em algum lado. Eu comparava a água ao vinho, tão inebriante era; considerava-a como champanhe azul e ficava bastante aborrecido por não ter ninguém que admirasse a frase. Por outro lado asseguro-lhe que não senti muito a falta de pessoas, embora muitas vezes desejasse que você estivesse lá, meu velho; particularmente quando ia dar as minhas braçadas solitárias; era a primeira coisa que fazia de manhã, quando toda a baía tinha o cor-de-rosa da aurora, e a última coisa que fazia à noite, quando o corpo ficava vermelho do ocaso! Ah, sim, foi uma vida bastante boa para variar; um perfeito paraíso para descansar; outro Éden até...

»Minha pobre Eva!»

E exalou um suspiro que se substituiu às palavras; depois, o rosto e os olhos debateram-se num combate estrénuo até que conseguiu dominar a emoção. Sublinho a última palavra deliberadamente. Era uma palavra que nunca pensara em usar ao referir-me a A. J. Raffles. Nem me recordo de qualquer outro momento em que se justificasse o uso de tal palavra. Quando recuperou, porém, estava não só calmo, mas também frio; e esta rápida passagem para o estado de espírito oposto é o único motivo de incerteza de apreciação que o presente Acates pode registar para crédito do seu ímpio Eneias.

«Chamei à rapariga Eva — continuou —, mas o seu nome verdadeiro era Faustina. Pertencia a uma vasta família que vivia numa choupana num extremo interior do vinhedo. E Afrodite a sair das águas era menos bela e não mais maravilhosa do que Faustina a sair daquela choça!

»Era a cara mais deslumbrante que eu já tinha visto ou verei na vida. Traços absolutamente perfeitos; uma pele que fazia lembrar o ouro velho, tão delicado era o seu tom; cabelo magnífico, não preto, mas quase; e tais olhos e dentes que dariam beleza a qualquer cara sem outros requisitos. Digo-lhe, Bunny, que Londres ficaria louca com uma rapariga daquelas. Mas não acredito que haja outra igual no mundo. E ali estava ela, desperdiçando a sua doçura naquele belo, mas desolado rincão! Bem, não a desperdiçou comigo. Eu teria casado com ela e vivido feliz para sempre naquela choupana com a sua família... com ela. Só olhar para ela... só olhar para ela durante o resto dos meus dias... podia ter ficado lá e continuar dado como morto, mesmo para si! E não lhe direi mais sobre o assunto, Bunny, e maldito seja quem puser mácula na história! No entanto, não fique com a ideia de que esta pobre Faustina foi a única mulher de quem gostei. Não acredito naquela parvoíce do «única»; porém, afirmo-lhe que ela foi o ser que satisfez todo o meu sentido de beleza; e acredito honestamente que poderia ter abandonado o mundo e ser fiel só a Faustina .

»Encontrámo-nos algumas vezes no pequeno templo de que lhe falei, outras vezes nas vinhas; umas vezes por puro acidente outras por desejo flagrante; e encontrei um local adequado para *rendez-vous*, um lugar cheio de romantismo, na caverna ao fundo de todos aqueles degraus subterrâneos. E então o mar chamava-nos... o meu champanhe azul... o meu cobalto cintilante... e lá estava o bote ao nosso dispor. Oh, aquelas noites! Nunca soube das que gostava mais, se as de luar quando se rema em tons prateados e se tem visibilidade ao longo de milhas ou se as noites escuras com os fachos dos pescadores a incidirem no mar e um serpentear vermelho no céu, sobre o velho Vesúvio. Éramos felizes. Não me importo de o admitir. Não havia um problema entre nós. Os meus colegas não se interessavam pelos meus assuntos e a família de Faustina não parecia estar preocupada com ela. O conde ficava em Nápoles cinco em cada sete noites; nas outras duas suspirávamos separados.

»Ao princípio foi a mais velha história da literatura — o Éden e a Eva. O local tinha sido outrora um paraíso na terra, mas agora era o próprio Paraíso. Por uns tempos, assim foi... Até que, uma noite, uma noite de segunda-feira, Faustina desatou a chorar no barco; e soluçou a sua história quando éramos levados pela corrente, sem contratempos, com a graça do Senhor. E a história que me contou era quase tão velha como a outra.

»Ela estava noiva — o quê! Nunca tinha ouvido falar disso? Tencionava virar o barco? O que era o seu noivado perante o nosso amor? *Niente, niente*, repetia Faustina, suspirando, mas sorrindo entre as lágrimas. Não, mas o que interessa é que o homem tinha ameaçado apunhalá-la no coração — e fá-lo-ia logo que a visse — isso sabia eu.

»E sabia-o simplesmente porque conhecia os napolitanos, embora não fizesse a menor ideia de quem podia ser o homem. Eu sabia e, no entanto, encarei esta notícia de uma forma mais ligeira do que a do noivado, embora acabasse por rir de ambas. Como se eu a fosse deixar casar com mais alguém! Como se pudessem tocar num só cabelo da sua bela cabeça enquanto eu vivesse para a proteger! Estava disposto a remar até ao fim do mundo e a afastarmo-nos dali para sempre. No entanto, as nossas economias não chegavam a uma lira, tínhamos como roupa uns farrapos e os nossos pés encontravam-se descalços no barco. Além disso, tinha de saber o nome do animal que ameaçara uma mulher, e logo uma mulher como esta.

»Durante muito tempo, ela recusou-se a dizer-mo, com uma esplêndida obstinação; mas a minha teimosia não era menor; então, por fim, ela pôs condições. Que eu não fosse parar à prisão por espetar uma faca nele — ele não valia isso — e eu prometi-lhe não o apunhalar pelas costas. Faustina pareceu ficar bastante satisfeita, ainda que estivesse um pouco confusa com os meus modos. Mas já estava habituada a que eu fosse, por vezes, rígido como o aço. E quando murmurou "É o Stefano", com a cabeça baixa, fiquei sem respiração.

»E, coitadinha, bem podia estar preocupada! E logo, de toda a gente dali, comprometera-se com um fulano como Stefano!

»Tratava-se, Bunny, de um miserável desgraçado, feio e servil, e que só se parecia com o seu patrão em bestial astúcia e hipocrisia. Bastara-me ver a sua cara. A leitura que fizera do seu rosto elucidara-me quanto ao homem. E raras vezes erro... Era o criado de confiança de Corbucci e só isso era o suficiente para o escorraçar do convívio das pessoas decentes; era o primeiro a sair no sábado com o *spese*, para ter tudo pronto para o patrão e para a amante de ocasião, e era o último a chegar na segunda-feira, para limpar e trancar tudo. Stefano! Aquele verme! Compreendia bem que ameaçasse uma mulher com uma faca; o que me confundia era o facto de alguma mulher lhe conceder atenção; e, acima de tudo, que essa mulher fosse a Faustina! Ultrapassava a minha compreensão. Mas interroguei-a o mais gentilmente que pude; e a sua explicação era a mais vulgar como é habitual nestes casos. Os pais eram tão pobres, eram tantos na família... Alguns familiares andavam a mendigar — prometia nunca contar a ninguém? Alguns até roubavam — às vezes — e todos conheciam as dores da verdadeira miséria. Ela tomava conta das vacas, mas só havia duas, e levava o leite para a vinha e para outros lados; mas isso era emprego apenas para uma pessoa; e havia muitas irmãs à espera de conseguirem o lugar. E o Stefano era tão rico...

»— Rico? — repeti — Stefano?

»— *Si, Arturo mio.*

— Sim, até naquele vinhedo eu tinha de ser manhoso, Bunny, usando de alguma falsidade até no meu primeiro nome.

— E como é que ele ficou rico? — perguntei, desconfiado.

— Ela não sabia; mas tinha-lhe dado joias tão belas; a família vivera à custa delas durante meses, alegando ela que um *avocat* as recebera, como garantia pelo seu casamento. Mas eu estava-me nas tintas para tudo isso.

«— Joias! Stefano! — eis as únicas palavras que conseguia articular.

»— Talvez o conde tenha pagado por algumas delas. Ele é muito generoso.

»— Ele é generoso contigo?

»— Oh, sim, muito generoso.

»— E tu viverias depois na sua casa?

»— Agora não, *caro mio*… agora não!

»— Não, por Deus que não! — exclamei em inglês — Mas era assim que estava combinado?

»— Claro. Isso foi combinado. O conde é realmente muito generoso.

»— Costumas vê-lo quando ele aqui vem?

»Sim, ele às vezes trazia os seus presentinhos, frutas cristalizadas, rendas e essas coisas; mas as ofertas eram sempre feitas através deste parasita do Stefano. Conhecendo homens, agora já percebia tudo. Porém, Faustina tinha um coração puro e simples e um espírito límpido, feito por Deus, e entregara-se de corpo e alma a este estouvado vagabundo que fizera amor com ela entre as ondas e as estrelas. Lembre-se de que não sabia quem eu era; e, à exceção de Corbucci e do seu criado, ela considerava-me como o Arcanjo Gabriel que tinha descido à terra.

»Bem, como fiquei acordado naquela noite mais dois versos de Swinburne me vieram à cabeça:

> Deus disse: deixai o vencedor ter
> E guardar Faustina.

»Com aqueles dois versos adormeci finalmente. E tornaram-se a minha oração e palavra de ordem quando acordei no dia seguinte. Esqueci-me de que você conhece bem Swinburne, Bunny; mas não fique com a ideia de que havia mais alguma coisa em comum entre a Faustina dele e a minha. Pela última vez deixe-me dizer-lhe que a pobre Faustina foi a melhor e a mais pura mulher que já conheci.

»Bem, estava preparado para sarilhos quando chegou o sábado seguinte, e vou-lhe contar o que fiz. Eu tinha quebrado a promessa que fizera a mim mesmo e assaltara a casa de Corbucci, dentro da minha melhor tradição, durante a sua ausência em Nápoles. Não tive a mais pequena dificuldade em fazê-lo; nenhum ser humano poderia dizer que eu estivera lá dentro, depois de ter feito o assalto. E não tinha roubado nada, repare, só tinha retirado, a título de empréstimo, um revólver de uma gaveta da secretária do conde e mais um ou dois objetos em valor; pois nessa altura já fazia uma ideia de como eram estes malditos napolitanos. Bastante ágeis com uma faca, sem dúvida, mas basta você mostrar-lhes o cano de uma arma e eles fogem como coelhos para o buraco mais próximo. Todavia, o revólver não era para meu próprio uso. Era para Faustina, e eu ensinei-a a usá-lo lá em baixo na caverna, ao pé do mar, disparando contra velas coladas nas rochas. O ruído dos disparos suava assustadoramente na caverna, mas lá em cima não se ouviam os tiros, como provámos um ao outro quando começámos a treinar. Portanto, agora a Faustina estava armada para autodefesa; e eu conhecia-a bastante bem para não ter dúvidas quanto à sua atitude, quando chegasse a altura. Dada a nossa disposição, de facto, o nosso amigo Stefano poderia contar razoavelmente com um fim de semana quente.

»Quando se chegou a sábado, soube-se que o conde não vinha naquele fim de semana, porque fora a Roma tratar de negócios e era impossível regressar a tempo; assim tínhamos a certeza de passar um domingo pacífico; e fizemos planos de acordo com isso. "Deixai o vencedor ter e guardar Faustina." Sim, era uma questão de vitória ou de derrota, e se o outro perdesse, que fosse para o Inferno! Portanto, no domingo eu ia resolver o problema... com o conde Stefano, logo que aparecessem. Repare que eu não encontrava motivos para regressar a Londres e fazia uma vida clandestina. Faustina e a baía de Nápoles bastavam-me. E o selvagem, que existe no interior de cada um de nós, exultava com a ideia de conquistar pela força aquilo que desejava.

»No sábado, porém, marcámos encontro pela última vez, como antigamente, mais uma vez em segredo, lá em baixo na caverna, logo ao cair da noite. Nenhum dos dois se importava de ficar muito tempo à espera um do outro; sabíamos que nenhum de nós, mais cedo ou mais tarde, faltaria ao encontro; e havia mesmo um certo encanto em esperar nestas condições. Mas naquela noite, perdi a paciência; não na caverna mas lá em cima, onde, primeiro por um pretexto e depois por outro, o *direttore* me manteve ocupado até que me cheirou a esturro. Ele não era propriamente dado a horas extraordinárias, este *direttore*, cujo único erro era a sua sujeição servil ao nosso patrão comum. Parecia bastante óbvio, portanto, que estava a atuar por diretiva confidencial do próprio Corbucci. Quando essa suspeita se avolumou no meu espírito, perguntei-lhe frontalmente se não era esse o caso. E era. Admitiu-o com um encolhimento de ombros, com aquele aspeto próprio dos fracos que nos impede de obter um desforço.

»O facto, porém, era que o conde o tinha mandado chamar quando soube que tinha de ir a Roma, dizendo que lamentava ter de se afastar precisamente nessa altura, quando entre outras coisas pretendia falar comigo acerca de Faustina. Stefano queixara-se ao patrão do problema que tinha com Faustina e de que tudo era por minha culpa. Soube isso, embora Faustina não me o tivesse contado. Assim, o conde iria representar o seu papel de chacal, situação com que eu contava. Tencionava falar comigo quando regressasse, mas, entretanto, eu não devia tirar partido da situação durante a sua ausência, razão por que o *direttore* recebera ordens para me manter ocupado noite e dia. Resolvi não mandar para o diabo esta pobre criatura, mas, ao mesmo tempo, disse-lhe que não tinha a mais pequena intenção de trabalhar nessa noite.

»Estava muito escuro e lembro-me de bater com a cabeça nas ramadas das laranjeiras enquanto descia rapidamente pelo caminho entre degraus que terminavam entre os alojamentos do *direttore* e a própria *villa*. Atrás da *villa* estava o jardim de que já falei e também a falésia, próxima da qual se encontrava a escadaria subterrânea. Assim pude admirar as estrelas, lá no alto, e as tochas dos pescadores lá em baixo ao longe, as luzes da costa mais afastada e o hieróglifo carmesim expelido pelo Vesúvio, antes de mergulhar na escuridão do túnel. E foi a última vez que pude apreciar o encanto único e pacífico daquele lugar distante.

»A escadaria desenvolvia-se em dois longos lanços, com um respiradouro no lanço superior, mas sem mais nenhuma entrada de ar até se chegar ao portão de ferro que se encontrava ao fundo do lanço inferior. Utilizando as palavras de outro escritor, Bunny, o local era «sombrio ao meio-dia, escuro como a meia-noite ao crepúsculo e negro como as nove pragas do Egipto à meia-noite». Eu não costumo praguejar, mas praguejei contra aquelas escadas. Naquela noite, estavam tão negras como o interior do cofre mais seguro na casa forte do Chancery Lane Deposit. Porém ainda não tinha descido muito com os meus pés descalços quando ouvi alguém de botas a subir. Pode imaginar o susto que apanhei! Não podia ser Faustina que, descalça, já tinha ido há muito tempo para baixo. O susto que ela deveria ter apanhado! E, de repente, o sangue gelou-se-me nas veias, pois o homem suava como uma chaleira conforme ia trepando. Aquela respiração era do próprio conde, que todos supúnhamos em Roma!

»Vinha a subir e estava cada vez mais perto, primeiro devagar e depois mais depressa, agora parando para tossir e arfar, depois tomando de assalto elefantino mais alguns degraus. Eu podia ter gozado a situação, se não soubesse que a pobre Faustina estava lá no fundo; mas assim, os piores pressentimentos acorriam ao meu espírito. De qualquer forma, não pude resistir a fazer passar um mau bocado àquele Corbucci de respiração ruidosa. Subia com uma das mãos a tatear a parede, por isso, encostei-me cuidadosamente à outra parede e ele passou a seis centímetros de mim, soprando e arfando como uma fanfarra. Deixei-o subir mais alguns degraus e depois enchi os pulmões de ar.

»— *Buona sera, eccellente signore*! — rugi atrás dele. Como resposta obtive um grito … e que berro! Resumia todos os matizes do pavor; e o arfar tinha parado como o seu coração miserável.

»— *Chi sta là*? — guinchou, por fim, gaguejando e lamuriando como um macaco chicoteado, de tal modo que eu não queria perder a sua expressão e tinha um fósforo pronto a ser riscado.

»— *Arturo, signore*.

»Não repetiu o meu nome nem me amaldiçoou. Durante um bom minuto, só arfava e, quando falou, foi com uma civilidade insinuante, no seu melhor inglês.

»— Aproxima-te, Arturo. Sobe até aqui. Quero falar contigo.

»— Não, obrigado. Estou com pressa — disse e voltei a guardar o fósforo no bolso. Ele podia estar armado e eu não estava.

»— Então estás com pressa! — E arfava divertido. — E sem dúvida pensaste que eu ainda estava em Roma; e realmente estive até há pouco. Mas consegui apanhar um comboio que estava já a partir e depois outro comboio de Nápoles para Pozzuoli. Um pescador de Pozzuoli trouxe-me de barco até aqui. Não tinha tempo para parar em Nápoles, senão para sair de um comboio e entrar noutro. Portanto, estou sem o Stefano, Arturo, estou sem o Stefano.

»A sua voz soava de uma forma sobrenatural naquela total escuridão, mas, mesmo atrás deste véu impenetrável, tresandava a falsidade. Eu tinha-me agarrado ao corrimão. Tremia violentamente na minha mão, não por mim, mas porque o outro também o estava a agarrar. E foi a perceção desses tremores que me provocou um frio estranho no coração, precisamente quando eu estava a tomar coragem.

»— Está cheio de sorte, o Stefano — repliquei, sombrio como a morte.

»— Ah, mas não deves ser muito duro com ele — repreendeu o conde. — Roubaste-lhe a rapariga! Ele contou-me isso e eu quero falar contigo. És muito audacioso, Arturo, muito audacioso! Talvez te vás agora encontrar com ela, hã?

»Disse-lhe frontalmente que sim.

»— Então não tenhas pressa, porque ela não está lá.

»— Não a viu na caverna? — exclamei, demasiado feliz com esse pensamento.

»— Não tive essa sorte — disse o velho diabo.

»— Mas ela está lá, mesmo assim.

»— Quem me dera ter sabido!

»— E já a fiz esperar tempo de mais! — De facto, estas palavras já as disse em movimento. Desci a escada a correr.

»— Espero que a encontre! — a sua voz de velhaco veio grasnando atrás de mim — Espero que sim... espero.

»E encontrei-a.»

Raffles, enquanto falava, estivera de pé algumas vezes, incapaz de ficar sentado, imóvel. Andava de um lado para o outro, excitado. Mas agora estava quieto, com os cotovelos em cima da prateleira da chaminé e a cabeça entre as mãos.

— Morta? — murmurei.

Acenou afirmativamente, sem se voltar.

«Não havia um som na caverna. Não havia resposta ao meu chamamento. Então, entrei e os meus pés tocaram nos dela e estavam mais frios do que a rocha... Bunny, eles tinham-na apunhalado no coração!»

— Disse a palavra «eles»... — inquiri gentilmente, enquanto ele mergulhava num pesado silêncio, ainda de costas voltadas. — Pensei que Stefano não estava presente...

Raffles virou-se de repente, com o rosto pálido e um olhar gélido como a morte.

— Ele estava na caverna! — exclamou. — Vi-o... localizei-o... havia uma luminosidade crepuscular no fundo da caverna... e corri para ele, desarmado, só com as minhas mãos. Nada de punhos, Bunny; nada de punhos para uma coisa como aquela; queria meter os dedos naquele peito vil e arrancar-lhe o coração pela raiz. Estava desvairado. Mas ele tinha o revólver... o dela. Apontou-me a arma com o braço estendido, disparou e falhou. O som do tiro teve o condão de me fazer agir com frieza. Parti-lhe o cotovelo contra a rocha antes de poder voltar a fazer fogo; o revólver caiu com estrondo, mas sem escorregar para a água; num instante eu tinha-o bem seguro, e, por fim, aquele porco estava dependente da minha clemência.

— Mostraste ter alguma...?

— Clemência? Com Faustina morta aos meus pés? Eu próprio não merecia receber clemência no além se a tivesse mostrado neste mundo com tal miserável! Não, fiquei ali a segurar o revólver com as duas mãos, com o dedo no gatilho; enquanto eu estava parado, ele atirou o punhal contra mim, mas desviei-me e abati-o com uma bala nas tripas.

« — E ainda te posso encher de chumbo mais duas ou três vezes! — disse-lhe com ódio, sabendo que a minha pobre rapariga não pudera sequer disparar um tiro. — Leva mais esta bala contigo para o Inferno... e esta... e esta... e esta!.

»Depois comecei a tossir e a arfar como o conde, pois o lugar estava cheio de fumo. Quando este se dissipou, verifiquei que o homem estava mesmo morto e atirei-o ao mar, para não profanar o local em que Faustina jazia. E então... e então... ficámos sozinhos pela última vez, ela e eu, no nosso refúgio de amor. Mal a conseguia ver; no entanto, não ousava acender um fósforo, pois sabia que ela não gostaria que eu a visse na situação em que se encontrava. Contudo, podia dizer-lhe o derradeiro adeus. E disse-lho. Deixei-a com um autodomínio próprio de um homem e subi os primeiros degraus ao ar livre, olhando o céu estrelado; depois, de repente, toldou-se-me a vista e voltei para trás como uma criança ou um louco, para me certificar de que ela estava realmente morta, para a fazer ressuscitar... Bunny, não te posso contar mais nada...»

— Nem do conde? — murmurei por fim.

— Nem mesmo do conde — respondeu Raffles, virando-se com um suspiro. — Deixei-o entregue à sua consciência; mas seria isso o bastante? Aplicara o preceito antigo do «olho por olho» e não fora Corbucci que matara Faustina. Não, o plano era dele, mas não a ideia de homicídio. Eles tinham descoberto que nos encontrávamos na caverna. Daí surgira o plano de me encherem de trabalho lá em cima, enquanto levavam à força Faustina para o barco. Não lhes restava fazer outra coisa, uma vez que ela dissera muito mais a Stefano do que aquilo que tínhamos assentado entre nós e referira-se a mim em termos que se tornaram insuportáveis para ele. Perceberam que pela persuasão não a levariam; então tentaram a força; e ela apontou-lhes o revólver. Eles, porém, conseguiram apanhá-la de surpresa, e Stefano apunhalou-a antes dela poder disparar.

— Mas como é que sabe tudo isso? — perguntei a Raffles, pois a história estava a ser contada aos bocados e eu queria saber o que se passara, para lá do fim trágico de Faustina.

— Oh, soube-o pelo Corbucci, quando lhe apontei a arma de que ele era dono. Encontrava-se em casa, à janela. Se eu quisesse, poderia ter disparado contra a sua figura que se desenhava na luz, uma vez que ele dificilmente ouvia ou via alguma coisa naquele ermo. Então perguntou se eu era o Stefano, e eu murmurei «*Si, signore*»; perguntou-me também se eu acabara com o Arturo e dei-lhe a mesma resposta. Pediu-me para entrar em casa, sem ter o cuidado de averiguar se eu era, de facto, o outro.

— E liquidou-o?

— Não! Isso seria bom de mais para Corbucci. Preferi amarrá-lo e amordaçá-lo de uma forma quase brutal e deixei-o na sala, com as portadas das janelas fechadas e a casa trancada. As portadas daquela velha casa tinham doze centímetros de espessura e as paredes quase um metro e vinte. Isto ocorrera no sábado à noite e o conde não era esperado nas vinhas senão no sábado seguinte. Entretanto, toda a gente pensaria que estava em Roma. No entanto, os mortos seriam descobertos sem dúvida no dia seguinte e receava que isso conduzisse à descoberta do outro, ainda vivo. Creio que Corbucci pensava o mesmo, pois não se cansara de me ameaçar, enquanto não fora amordaçado. Mas eu tranquei-o às escuras, sem hesitações, e desejei, e ainda desejo, que fosse condenado a todos os tormentos do inferno.

— E depois?

— A noite tinha caído ainda há pouco e, dez milhas adiante, havia o melhor dos portos de abrigo e centenas de porões à escolha de um humilde passageiro clandestino. Não pretendia ir mais longe do que

Génova, porque por esta altura já falava um italiano razoável. Por isso, escolhi a velha companhia Norddeutscher Lloyd e tive uma excelente viagem num dos salva-vidas que se encontravam agregados ao navio. Era melhor ficar escondido aí do que no porão. E, ao longo da viagem, comi as laranjas que trouxera do pomar.

— E em Génova?

— Em Génova, uma vez mais, vivi de expedientes, e deles passei a viver até agora. Mas tive de partir, outra vez, do zero. Dormi nas ruas. Mendiguei. Fiz todo o tipo de coisas terríveis, esperando um triste fim. Mas isso nunca aconteceu. Então um dia vi um velho de cabeça branca a olhar para mim, através do reflexo de uma montra... uma montra que tinha o que eu desejava... Quando me virei para o olhar, ele fitou-me... e verifiquei que usávamos os mesmos farrapos. Assim tinha chegado àquilo! Mas uma reflexão traz muitas mais. Quem me poderia reconhecer se eu próprio não me reconhecia? Londres chamava-me... e aqui estou. E na Itália ficou para sempre o meu coração.

Só alguém como eu, que conhecia bem Raffles (habitualmente irreverente e irónico, mesmo nos momentos mais difíceis), poderia perceber, em toda a sua extensão, o significado das suas últimas palavras que, sabia-o eu bem, não eram meras palavras. Como também sabia que, se não tivessem ocorrido os acontecimentos trágicos já relatados, Raffles teria ficado por Itália durante muitos anos, senão para a vida inteira. Sobre isso não tinha a menor dúvida. Parece que estou ainda a vê-lo, com a cara cheia de rugas, numa expressão de profunda dor. E o que me espantou foi que a mesma causa que lhe tinha provocado aquelas amargas recordações foi também a que, quando de novo surgiu, lhe fez desaparecer a expressão de dor e as rugas. Uma vez mais se voltava a ouvir o realejo e a voz a cantar:

Margarita de Parete,
era a'sarta d'e'signore;
se pugneva sempe e ddete
pe penzare a Salvatore!

Mar-ga-ri,
e perzo a Salvatore!
Mar-ga-ri,
Ma l'ommo è cacciatore!
Mar-ga-ri,
Nun ce aje colpa tu!
Chello ch'e fatto, é fatto, un ne parlammo cchieù

Limitei-me a fitar Raffles. Em vez de se aprofundarem, as suas rugas tinham desaparecido. Parecia anos mais novo. Voltava a ter a expressão maliciosa, alegre e viva que sempre conhecera nele e que era típica de quem estava a pregar alguma ou que já a tinha pregado. Ergueu um dedo, para me chamar a atenção. Foi furtivamente até à janela. Espreitou através do estore como se a Scotland Yard estivesse na nossa vizinhança. E regressou de novo para o salão, divertido, excitado e ansioso.

— Pensei que eles andavam atrás de mim — disse-me. — Por isso lhe pedi para espreitar. Não me atrevia a, eu próprio, ir ver. Teria piada se fossem eles!

— Refere-se à polícia? — inquiri.

— A polícia? Bunny, com o conhecimento que tem dela e de mim, acha que pode fazer essa pergunta? Meu caro, eu estou morto para a polícia... não existo nos arquivos... estou morto e bem morto! De tal maneira que, se quisesse ir à Scotland Yard para me entregar, punham-me fora por me considerarem um louco inofensivo. Não, hoje em dia, temo um inimigo e receio algum amigo antigo, mas estou perfeitamente à vontade em relação à polícia!

— Então a quem se refere?

— À Camorra!

Repeti a palavra com uma entoação diferente. Não porque nunca tivesse ouvido falar dessa poderosa seita; mas não conseguia perceber no que é que Raffles se baseava para chegar à conclusão de que estes tocadores de órgão eram seus membros.

— Foi uma das ameaças de Corbucci — disse-me. — Se o matasse, a Camorra certamente me mataria; estava sempre a dizer-me isso;

era uma maneira astuta de me querer dizer que, de uma forma ou de outra, os poria atrás de mim.

— Provavelmente, ele próprio seria um membro!

— Obviamente, tendo em conta as suas palavras.

— Mas por que diabo é que suspeita dos tocadores de realejo? — perguntei, enquanto aquela voz metálica entoava o segundo verso.

— É claro que não tenho a certeza. Só a suspeita. No entanto, pense nisto: que diabo é que fariam napolitanos em terra inglesa, diante da minha porta?

Foi a minha vez de espreitar pelo estore; e, para confirmar a suspeita, lá estava o tipo de cara mal barbeada e de dentes brancos a observar as nossas janelas, e só as nossas, enquanto berrava.

— E porquê? — exclamou Raffles, com um olhar perscrutador quando lhe contei o que vira.

— Por que voltariam precisamente aqui? Não acha suspeito, Bunny? Não acha que promete sarilho?

— Acho que não! — respondi-lhe a sorrir.

— Pensa que muitas pessoas lhes lançariam cinco xelins por ouvirem aquela barulheira infernal?

— Parece que se esquece que foi isso que fez há uma hora!

Raffles tinha-se esquecido. Viu-se claramente isso na sua expressão. E, de repente, começou a rir.

— Bunny! — exclamou. — Você tem pouca imaginação e eu, pelos vistos, tenho-a a mais! Claro que tem razão! Bem gostaria que não a tivesse, pois não me importava nada de ajustar contas com mais um ou dois napolitanos. Sabe, ainda estou em dívida com eles! Não acertei as contas completamente. Devo-lhes mais do que alguma vez lhes poderei pagar!

A sua expressão endurecera enquanto falava: as rugas e os anos tinham regressado e, nos seus olhos de rocha e aço, havia um lampejo de dor.

O último a rir

Como já tive ocasião de dizer várias vezes, o melhor das nossas façanhas, do ponto de vista da ação criminosa, revela-se de pouco interesse para estas narrativas, que têm um propósito mais honesto. Os relatos de natureza técnica (quando isso é possível) são atributo dos jornais vulgares e para leitura edificante dos hábeis manipuladores do pé-de-cabra e dos ofícios correlativos. Para a narrativa em que entretenho o paciente leitor seriam, porém, prosaicos demasiado triviais, por um lado, demasiado técnicos, por outro, senão mesmo sórdidos e irrelevantes para a história. De resto, «sórdido» é a expressão com que alguns cronistas e repórteres têm mimoseado as nossas ações. Escusado será dizer que discordo veementemente dessa opinião verdadeiramente puritana. O que tenho procurado demonstrar, e que não me cansaria de o fazer, é que Raffles era um génio, e isso está acima de qualquer outra consideração. Raffles tinha inventiva, recursos, uma audácia incomparável e uma rara coragem. Era tanto o estratego como o tático, e todos nós sabemos a diferença entre os dois. Durante meses, porém, estivera escondido como um rato num buraco, impossibilitado de mostrar sequer o seu rosto disfarçado, de dia ou de noite, sem correr riscos, a não ser que se considerasse um risco o facto de ele trazer um fumo preto, em sinal de luto. Quanto a riscos, quer ele quer eu, tínhamos corrido diversos no nosso passado. E quanto a compensação, é melhor nem sequer falar... Estavam bem longe os dias do velho e elegante clube, dos jogos de críquete e *das noctes ambrosianae* no Albany.

E agora, a acrescentar ao eterno perigo de reconhecimento, havia ainda outra ameaça da qual era inteiramente ignorante. Nunca mais pensei no nosso napolitano tocador de realejo, embora muitas vezes pensasse nas reviravoltas que tinham ocorrido durante a estadia de Raffles na Itália. Raffles nunca mais tornou a aludir ao assunto e, quanto a mim, esquecera-me inteiramente das suas suspeitas da ligação do tocador de realejo à Camorra, e da suposição de esta andar a persegui-lo. Como já o afirmei, nunca mais ouvi qualquer alusão a esse facto, nem nunca mais me lembrei disso. Então, numa noite de outono — evito chocar os suscetíveis sem motivo —, ao passarmos por uma certa casa em Palace Gardens, Raffles aconselhou-me a não nos determos. Não havia vivalma à vista, nem luz nas janelas. Mas Raffles pegou-me no braço e assim continuámos sem falar. Voltámos para a esquerda, para o lado de Notting Hill, subimos rapidamente a Silver Street, virámos um pouco para oeste e depois para sul, e precipitámo-nos na High Street, até que chegámos a casa.

— Primeiro os pijamas — disse Raffles, com o ar imperativo de que só isso interessava.

Como a noite estava quente, ainda que já nos encontrássemos em setembro, não me importei de cumprir o que ele dissera. Porém, quando regressei ao seu quarto, vim encontrar o ditador ainda de botas e capa. Estava a espreitar através do estore, na escuridão do quarto. Limitou-se depois a pedir-me para acender a luz, enquanto se servia de um cigarro, e permaneceu silencioso.

— Quer que lhe prepare uma bebida? — perguntei.

— Não, obrigado.

— Qual é o problema?

— Fomos seguidos.

— Não pode ser!

— Você não reparou.

— Mas você nunca olhou para trás.

— Tenho um olho atrás de cada orelha, Bunny.

Enchi o meu copo, e receio que com menos moderação do que se o tivesse feito um minuto antes.

— Então foi por isso...

— Foi por isso — confirmou Raffles, acenando; mas não sorriu, e eu pousei o meu copo sem lhe tocar.

— Eles estavam a seguir-nos naquela altura!

— Ao longo do Palace Gardens.

— E eu a pensar que você não gostava de regressar pela encosta.

— Além disso, um deles está neste momento lá em baixo, na rua.

Não, não me estava a enganar. Estava com uma expressão sisuda. E ainda não tinha despido nenhuma roupa; talvez pensasse que não valia a pena.

— Está à civil? — suspirei, seguindo o hábito prisional que adquirira uma vez (e que me parecera uma eternidade) de dividir as pessoas em categorias: os que vestem uniforme e os que trajam à civil. Se me apanhassem outra vez «comeria» a dobrar. O estômago revolveu-se-me ao lembrar-me da sopa aguada. Fitei Raffles.

— Quem disse que era a polícia, Bunny? — perguntou. — São os italianos. Perseguem-me, mas esteja descansado que não tocarão num cabelo da sua cabeça! Beba tranquilamente a sua bebida e não se rale comigo. Ainda acabarei com alguns antes de acabarem comigo.

— E eu vou ajudá-lo!

— Não, meu velho, não vai. Nesta peça, o único ator sou eu. Já estava ao corrente disto há semanas. De início, fui apanhado desprevenido no dia em que aqueles napolitanos fizeram um novo concerto de realejo à nossa porta e não dei muito crédito às minhas próprias suspeitas. De facto, nunca mais apareceram. Na realidade, tinham executado a sua missão. Ora, não há dúvida de que isto tresanda a Camorra. O conde de que te falei ocupa uma posição de relevo lá dentro, pelo modo como ele falou. Mas há uma grande diferença hierárquica entre ele e os tocadores de realejo. Não me surpreendia se tivesse ordenado a todos os vendedores napolitanos de gelados que cá estão que me perseguissem! A organização é tentacular. Lembra-se daquele estrangeiro arrogante que veio aqui à porta há poucos dias, depois disso? Você até me disse que tinha um olhar aveludado!

— Nunca o relacionei com os outros dois!

— Claro que não, Bunny, por isso o ameaçou de o correr a pontapés pelas escadas abaixo. E isso só lhes avivou o olfato. Já era tarde de mais para dizer qualquer coisa quando você me contou o caso. Contudo, tempo depois, quando fui à rua, ouvi uma maquina fotográfica disparar quando passei, e o fotógrafo era um tipo com olhos aveludados. Depois houve uma acalmia... isso já foi há semanas. Mandaram a minha fotografia para Itália para eu ser identificado pelo conde Corbucci.

— Mas isso tudo não passa de uma suposição — exclamei. — Como diabo tem a certeza?

— Não tenho — ripostou Raffles. — Mas aposto! O nosso cão de caça está ali na esquina, ao pé da caixa do correio; olhe pela janela do meu quarto, que está às escuras, e diga-me quem ele é.

O homem estava demasiado longe para lhe poder ver bem a cara, mas usava um sobretudo de cone inglês e a luz do outro lado da rua incidia sobre as suas botas; eram muito amarelas e não faziam barulho quando se mexia.

Procurei concentrar-me e, de repente, lembrei-me das solas finas, dos saltos baixos, das largas botas amarelas do estrangeiro astuto, de olhos suaves e cara morena, que eu correra da nossa porta porque tresandava a aldrabão. Lembrava-me do toque de campainha, de não ter ouvido ninguém a subir as escadas, de nem sequer ter ouvido o ruído do portão de entrada a abrir-se e de os meus olhos desconfiados terem sido atraídos pelas botas de borracha.

— É o tipo — confirmei, voltando para junto de Raffles. E falei-lhe das botas.

Raffles estava deliciado.

— Bem feito, Bunny! O seu poder de observação está a melhorar — disse-me.

— Agora, pergunto a mim próprio se ele tem estado por aqui sempre ou se o mandaram expressamente? Foi excelente ter notado o pormenor das botas, uma vez que são de fabrico italiano. Julgo que se trata de um enviado especial. Mas não vale a pena especular. Tenho de descobrir.

— Como é que você vai atuar?

— Ele não vai ficar ali toda a noite.

— E então?

— Quando se cansar de estar ali especado, vou retribuir o cumprimento e segui-lo.

— Não sozinho! — cortei eu com firmeza.

— Bem, logo se vê. Veremos... — disse Raffles, levantando-se. — Desligue a luz, Bunny, enquanto dou uma olhadela. Obrigado. Agora espere um pouco... sim! Ele foi-se embora; e eu também vou!

Mas eu saltei para a porta e barrei-lhe a passagem.

— Sabe que o não deixo ir sozinho.

— Não pode vir comigo em pijama.

— Agora percebo porque me mandou vesti-lo!

— Bunny, se não se afasta, vou ser obrigado a afastá-lo. Esta festa é só para mim. Mas estou de volta daqui a uma hora... é tudo!

— Jura?

— Por todos os deuses!

Desisti. Não tinha outro remédio. Embora parecesse uma sombra do que fora, com Raffles nunca se sabia. Não iria lutar com ele. Deixei-o ir com um encolher de ombros e a minha bênção e, depois, corri para o seu quarto para o ver da janela.

A criatura de casaco e botas tinha atingido o fim da nossa pequena rua, onde pareceu ter hesitado, o que permitiu a Raffles chegar mesmo a tempo de ver para onde virava. E Raffles foi atrás dele com um passo calmo e, quando estava quase a atingir a esquina, o seu modo de andar atraiu mais acentuadamente a minha atenção. Na verdade, nada era nele tão inconscientemente característico como aquela maneira de andar, aparentemente indiferente. Estava espantado por ninguém ainda ter reparado nesse facto, que o traía.

De repente, percebi que Raffles não era a única pessoa na pequena rua solitária. Outro indivíduo caminhava, vindo de direção oposta, um homem de constituição pesada e de roupa também pesada para aquele tempo, com uma gola de astracã no sobretudo e um chapéu preto rústico que lhe escondia o rosto. Os seus passos eram curtos e irregulares, próprios de uma pessoa de idade avançada e que ficara obesa. De súbito, parou mesmo por baixo dos meus olhos. Podia ter atirado um berlinde para a concavidade da copa do seu chapéu preto. Então, naquela altura em que Raffles virou a esquina sem olhar à volta, o grande homem ergueu tanto as mãos como a cara. Desta última só lhe lobriguei um enorme bigode branco, como uma gaivota esvoaçante, como Raffles o descrevera; por esse relance adivinhei que se tratava do seu astuto inimigo, o conde Corbucci em pessoa.

Não me detive em considerações sobre a arte da caça e nas subtilezas do sistema pelo qual o verdadeiro caçador fica para trás enquanto o seu subordinado serve de batedor. Deixei o conde prosseguir o seu caminho e vesti-me com uma rapidez só semelhante à de alguém que se apercebe de que há fogo em casa. Se o conde estava a perseguir Raffles, então eu iria perseguir o conde: caçadores atrás de caçadores, numa longa batida noturna através da cidade. Não obstante, não encontrei sinal dele na rua vazia, nem na Earl's Court Road, que também estava vazia em todo o seu trajeto, à exceção da presença hostil de um guarda, de pé, imóvel, fazendo-se notar pelo brilho do cinturão.

— Senhor guarda — perguntei, arfando —, viu algum senhor de idade com um grande bigode branco?

O patibular agente da polícia parecia olhar-me de um modo suspeito pela maneira educada como lhe tinha dirigido a palavra.

— Apanhou um cabriolé — respondeu por fim.

Um cabriolé! Então ele não estava a seguir os outros a pé; tornava-se difícil adivinhar-lhe o jogo. Mas eu tinha de dizer ou fazer alguma coisa.

— É um amigo meu — expliquei — e preciso de o encontrar. Ouviu por acaso a direção que deu ao cocheiro?

Uma curta negativa foi a resposta do polícia. Se alguma vez eu participar num assalto noturno, numa situação de revólver contra cassetete, em qualquer viela, já sei qual seria o membro da Metropolitan Police Force que gostaria de ter como adversário.

Se era impossível alcançar o conde, já essa impossibilidade não se verificava relativamente aos dois que iam a pé. Fiz largos gestos para mandar parar o primeiro cabriolé que me apareceu à vista. Tinha de dizer a Raffles quem é que eu tinha visto; a Earl's Court Road era longa e tinham passado poucos minutos desde que nela desaparecera o cavalheiro. Percorri em toda a extensão aquela via pública, com um olho em cada passeio, varrendo cada um como com uma escova, mas de Raffles nem vestígio. Então, tentei a Fulham Road, primeiro para oeste, depois para leste e, por fim, dirigi-me descuidadamente para o apartamento. Não me apercebi da minha indiscrição até ter pagado ao homem e entrar para a escada. Raffles nunca sonharia em vir de carro todo o caminho de regresso; mas eu estava convencido de que o iria encontrar à espera lá em cima. Tinha-me dito que se ausentaria por uma hora. Lembrei-me disso de repente. E essa hora já estava longamente excedida. Porém, o apartamento estava tão vazio como quando o deixara; a luz que vira em casa, embora pálida, quando o cabriolé virou a esquina, não era senão a luz que eu próprio deixara acesa.

Não lhes posso dar ideia da noite que passei. A maior parte dela debruçado do parapeito da janela, tentando captar com os ouvidos todos os ruídos, registando cada passada ao longe, cada rodar de carruagem, e só se me deparavam pessoas estranhas que raramente vira na nossa rua. Depois, fiquei alerta em relação à porta. Ele podia vir pelo telhado; e alguém de facto veio por ali. Mas agora já estava a despontar o dia. Escancarei a porta na cara do leiteiro, que ficou branco com o susto, como se eu o tivesse mergulhado no seu próprio balde.

— Vem atrasado — trovejei, para tentar esconder a minha excitação.

— Peço desculpa — respondeu-me com indignação —, mas vim meia-hora mais cedo do que é habitual.

— Então peço-lhe eu desculpa — retorqui. — O que acontece é que o Sr. Maturin teve uma noite má e parece que estou à espera do leite há horas para lhe fazer uma chávena de chá.

Esta pequena mentira (digna de Raffles) valeu-me não só o seu perdão, mas aquela simpatia típica do vendedor ambulante. O bom homem disse-me que se podia ver que eu passara toda a noite em claro. Escusado será dizer que me envaideci da minha capacidade de impingir uma mentira. Depois apercebi-me de que, ao agir assim, tão instintivamente, estava apenas a mostrar-me como um aluno brilhante do grande mestre Raffles. Mas as mentiras não iriam ficar por ali... Daí a pouco, a campainha tocou imperiosamente duas vezes. Era o Dr. Theobald, com um fato amarelado e com as abas do casaco levantadas para tentar esconder o pijama.

— Que história é essa de uma noite má?

— Ele não conseguia dormir e não me deixou também dormir — murmurei, nunca largando a porta e permanecendo imóvel à entrada. — Mas agora dorme como um bebé.

— Quero vê-lo.

— Ele deu ordens terminantes para que o senhor não o incomodasse.

— Eu sou o seu médico e eu...

— Sabe como ele é — respondi, encolhendo os ombros. — A mais pequena coisa acorda-o e vai despertá-lo se insistir em o ver agora. É a última vez que o aviso! Eu é que o ouvi, não o senhor...

O médico praguejou por baixo do seu impetuoso bigode.

— Eu, logo, volto a passar por cá — resmungou ele.

— E eu vou amarrar a campainha — disse-lhe — e se não tocar é sinal de que ele ainda estará a dormir. E não virei abrir a porta, porque tenho receio de o acordar.

E com isso fechei-lhe a porta na cara. Como teria dito Raffles, eu estava a sair-me bem. Mas de que consolo isso me serviria se lhe tivesse acontecido algum mal? E agora estava preparado para o pior. Um rapaz subiu assobiando e deixando papéis nos capachos; eram quase oito horas, e o *whisky* com soda que preparara à meia-noite e meia permanecia intacto no copo. Se tivesse acontecido o pior a Raffles, sentia que nunca mais voltaria a beber ou que mal faria qualquer outra coisa.

Entretanto, permanecia em jejum e percorria o apartamento sem me lavar nem trocar de roupa. O meu rosto por barbear traduzia bem a agitação da noite. Durante alguns momentos perguntei a mim próprio por quanto tempo duraria aquilo? Depois, a pergunta que fiz foi: por quanto tempo eu aguentaria aquilo?

Na verdade, aquilo continuou só até ao final da manhã, mas a minha resistência não podia ser medida em tempo, pois para mim cada hora correspondia a uma noite ártica. Porém, não passava muito das onze quando a campainha tocou. De facto, tinha-me esquecido de a amarrar. Mas este toque não era o do doutor; nem era, pois eu conhecia-o demasiado bem, o anunciador do regresso de Raffles. A nossa campainha permitia distinguir um toque leve de um toque pesado; agora a mão que a tocava era tímida.

Eu nunca tinha visto antes o dono da mão. Era novo e andrajoso, sem um olho e com o outro presa de uma feroz agitação. E imediatamente se lançou numa torrente de palavras, de que nada percebi porque eram ditas em italiano. Eram, seguramente, notícias de Raffles! Se eu ao menos soubesse a língua... Contudo, a mímica às vezes ajuda-nos. Contra sua vontade, conforme podia ver na inquietação do seu único olho, fiz-lhe sinal para entrar.

— *No capite*? — exclamou, quando o forcei a entrar e a calar-se um pouco.

— Não, macacos me mordam se percebo! — respondi, adivinhando pelo tom a sua pergunta.

— *Vostro amico* — repetia ele sem cessar. — *Poco tempo, poco tempo, poco tempo*!

Pela primeira vez na minha vida via a importância da minha educação clássica. O italiano que sabia permitia-me compreender que não havia tempo a perder, se queria encontrar o meu amigo.

— *Ecco, signore*! — exclamou o rapaz, tirando-me o relógio do bolso do casaco e pondo uma unha negra do polegar sobre o ponteiro maior e o outro no número doze.

— *Mezzogiorno, poco tempo, poco tempo*! — E, uma vez mais, percebi que devíamos lá estar até ao meio-dia. Mas onde, onde? Era de enlouquecer ser assim convocado e não saber o que tinha acontecido nem ter meios de o descobrir. Mas a minha presença de espírito ainda não me abandonara. Estava, sem dúvida, a fazer bem as coisas. Entalei o lenço na campainha antes de sair. O doutor agora bem podia bater à porta até ficar roxo, que eu não lhe apareceria.

Ainda tive esperança de encontrar um cabriolé à espera, mas não havia nenhum, e já tínhamos andado um bom bocado na Earl's Court Road quando conseguimos apanhar um; de facto tínhamos de nos apressar. À nossa frente, o relógio da torre da igreja estava quase a marcar a meia-hora, para grande desespero do meu companheiro.

— *Poco tempo... pochissimo*! — lamentou-se. — *Bloomburee Skewarr*, — gritou para o cocheiro. — *Numero trentotto*!

— Bloomsbury Square — resmunguei pelo meu lado. — Indico--lhe qual é a casa quando lá chegarmos, ande depressa!

O meu companheiro tinha-se encostado para trás, arfando no seu canto. O reflexo da minha cara no vidro mostrou-me como estava afogueado.

— Que bela embrulhada! — exclamei. — E não nos conseguimos entender um ao outro. Tem alguma mensagem escrita?

Era de calcular que não, senão já ma teria entregado. No entanto, continuei com a pantomima de escrever com o dedo sobre o punho da camisa. Mas ele encolheu os ombros e abanou a cabeça.

— *Niente*! — respondeu-me. — *Una questione di vita, di vita, di vita*!

— O que está para aí a dizer?

Procurei pôr em prática o meu italiano:

— Fale devagar... *andante... rallentando.*

Utilizei as expressões que normalmente se utilizam para indicar os andamentos na música. O tipo, com efeito, percebeu.

— *Una... questione... di... vita*!

— Ou de morte, hã? — gritei e levantei o alçapão por cima das nossas cabeças.

— *Avanti, avanti, avanti*! — gritou o italiano, olhando para o cocheiro, com o único olho.

— Ande depressa! — traduzi. — Pago o dobro se conseguir lá estar ao meio-dia!

Porém, nas ruas de Londres, como é que se pode saber a hora? Na Earl's Court Road ainda não tinha passado a meia-hora e no Barker's da High Street só tinha passado um minuto. Um minuto representava bem meio quilómetro, estávamos a andar como o vento, e realmente tínhamos feito a maior parte a galope. Mas os cem metros seguintes levaram-nos cinco minutos de acordo com o relógio seguinte. E em qual devíamos acreditar? Olhei para o meu velho relógio (era mesmo meu), que dizia que faltavam dezoito minutos para o meio-dia quando passámos pela ponte Serpentine. Quando marcava um quarto de hora estávamos na Bayswater Road.

— *Presto, presto* — murmurava o meu pálido guia. — *Affrettatevi... avanti*!

— Dez xelins se conseguir — gritei pelo alçapão, sem a mais pequena noção do que íamos fazer. Mas era «uma questão de vida ou de morte», e o «seu amigo» devia ser, e seria com certeza, o meu pobre Raffles.

Que bela dádiva do céu é a carruagem em boas condições para a pessoa que está com pressa! Tínhamos tido uma excelente sorte com aquele cabriolé! Não porque o escolhêssemos. Apanhámos o primeiro da fila, mas, pelos vistos, esse primeiro lugar era bem merecido. Rodas novas, molas soberbas, um cavalo de exceção e um condutor à altura! Parecíamos jogadores de *rugby* a fintar o trânsito e o cocheiro escolhia as ruas que tinham menos tráfego para imprimir maior velocidade à carruagem. E como ele conhecia o caminho! Em Marble Arch, desviou-se da rua principal e foi pela Wigmore Street até que vi as pontas douradas dos telhados do Museu brilhando ao sol. Plop, plop, plop; ting, ling, ling; as campainhas e os cascos do cavalo, os cascos do cavalo e as campainhas, até que a estátua colossal de C. J. Fox, numa toga escura, indicou que estávamos a chegar a Bloomsbury Square. No meu relógio ainda faltavam três minutos para o meio-dia.

— Que número? — gritou o bom do cocheiro lá do alto.

— *Trentotto, trentotto* — gritou o meu guia, mas estava a olhar para a direita.

Mandei parar e empurrei-o para fora para seguirmos até casa a pé. Porque não tinha meio soberano, dei ao excelente cocheiro um soberano, não querendo eu receber o troco. Bem vistas as coisas, ele merecia muito mais.

O italiano, entretanto, já tinha metida a chave na porta trinta e oito e, logo a seguir, subíamos pela estreita escada de uma casa soturna e sórdida que seria o desespero de qualquer pessoa vinda da província, habituada a luz, arejamento e espaço. Tinha lambrins e era escura e malcheirosa. E, não fosse a luz amarela do gás que se encontrava no vestíbulo, mal conseguiríamos ver os degraus.

No entanto, lá subimos, melhor ou pior, até um patamar e, depois, entrámos como um furacão na sala que se abria uns degraus mais acima. Aí, também o gás estava aceso, pois os estores encontravam--se fechados. Esta imagem ficou gravada no meu cérebro, embora só a visse de relance, pois ia atrás do meu guia, o que me impossibilitava uma visão geral. Este quarto também tinha lambrins. De súbito, deparei com uma cena lancinante: Raffles, ou pelo menos o que restava dele, pois julguei-o morto, tinha os braços e as mãos amarradas a uma argola que vinha do teto. Os seus pés mal tocavam no chão. Uma mordaça apertava-lhe a boca. O sangue escorria-lhe do pescoço e adquiria tonalidades de bronze à luz do gás. À sua frente, o ponteiro de um velho relógio indicava que faltava menos de um minuto para o meio-dia. Havia qualquer coisa de ameaçador naquele tiquetaque. O meu guia deu um salto para ele e atirou-o para um canto. O velho relógio, devido ao embate, partiu-se em bocados, fazendo descobrir, no seu interior, um revólver que, entretanto, disparou. Reparámos então que o gatilho estava ligado, por um sistema de armadilha, ao ponteiro das horas. Era evidente que tínhamos chegado no momento exato.

— Mesmo a horas, Bunny!

Ele estava vivo; estas eram as suas primeiras palavras. O italiano tinha-lhe tirado a mordaça ensanguentada e, com a navalha, estava a tentar cortar a corda que lhe amarrava as mãos. Como o rapaz era baixo, levantei-o para ele ter mais facilidade em cortar os nós.

Depois, eu próprio, com uma faca, fui libertando o corpo das outras cordas que o envolviam. Raffles sorria debilmente para nós através dos lábios sanguinolentos.

— Aprecie bem o aparato, Bunny — murmurou. — Foi um ato de vingança extremamente bem preparado. Se tivessem chegado um minuto mais tarde, tudo estaria acabado. Há doze horas que tenho estado à espera, observando o tempo passar, com o ponteiro a caminho da morte! Uma armadilha! Tão simples como isso. Só o ponteiro das horas... Oh, meu Deus!

Tínhamos cortado a última amarra. Ele não se aguentava de pé. Apoiámo-lo entre nós até um sofá, pois a sala estava mobilada. Pedi-lhe para não falar, mas ele fez estacar o rapaz antes que saísse, dizendo-lhe qualquer coisa em italiano.

— Ele quer ir buscar algo para eu beber, mas isso pode esperar — disse, numa voz mais firme. — Vai-me saber melhor depois de lhe contar o que aconteceu. Bunny, não deixe sair o rapaz. É um tipo decente. A minha sorte foi ter falado com ele antes de os outros me apanharem. Prometi-lhe uma recompensa e vou dá-la, mas, de momento, não o quero longe da minha vista.

— Se falou com ele ontem à noite — exclamei, — por que diabo ele só veio ter comigo às onze horas de hoje?

— Ah, pedi-lhe para ter cuidado. Mas não calculei que levasse esse cuidado até ao extremo. Mas tudo está bem quando termina bem. De resto, não me sinto assim tão mal. Vou sentir durante algum tempo a marca das argolas... Está a ver isto?

Apontou para a mordaça, com as manchas de sangue; estava caída no chão; estendeu a mão na sua direção e eu dei-lha.

— A mesma com que eu o amordacei — disse Raffles, com um sorriso ainda espectral. — Afinal de contas, o velho Corbucci saiu-me um artista!...

— Agora, conte-me lá: como caiu nas suas garras? — perguntei-lhe com ansiedade, rapidamente, pois estava tão desejoso de ouvir como ele de contar, se bem que, quanto a mim, teria sido melhor que me contasse a história depois de termos regressado a casa.

— Eu quero desabafar, Bunny — pediu o velho Raffles. — E, no entanto, pouco tenho a dizer, afinal de contas. Segui o nosso amigo de olhos aveludados. Segui-o sempre até aqui. Claro que, quando ele entrou, subi para dar uma boa olhadela à casa. E não quer saber que o diabo do homem deixara a porta aberta? Quem podia resistir a isso? Mal tinha entreaberto a porta e posto o pé dentro da sala quando recebi uma pancada na cabeça como espero nunca mais voltar a receber. Quando voltei a mim estavam-me a amarrar à argola pelas mãos, com o velho Corbucci inclinado para mim. Como chegara até ali ainda não sei.

— Essa parte posso eu contar-lhe — disse.

E descrevi-lhe como eu próprio vira o conde no passeio, debaixo da nossa janela.

— Além disso — prossegui —, ele continuou o caminho atrás de si. Alguns minutos depois, quando cheguei à Earl's Court Road disseram-me que ele tinha apanhado um cabriolé. Deve tê-lo visto a seguir o homem, cortou caminho e apanhou-o, com a ratoeira da porta aberta.

— Bem — concluiu Raffles —, na verdade, de uma forma ou de outra, ele iria apanhar-me. Veio de Nápoles com esse propósito, com o plano já estabelecido, com a mordaça, com a intenção de colocar as argolas e escolhendo a casa que escolheu. Pensava que me apanharia rapidamente, fazendo comigo, ainda que de uma forma mais refinada, aquilo que eu lhe fizera. Ele próprio assim mo disse, sentado aqui onde estou agora, às três horas desta manhã, e fumando um charuto com um cheiro verdadeiramente intragável. Contou-me que teria ficado isolado cerca de vinte e quatro horas quando o deixei amordaçado, mas que no meu caso doze já o satisfariam, uma vez que havia uma morte certa ao fim desse tempo. De resto, eu não estaria em grandes condições de saúde se ele tivesse decidido prolongar o prazo. Eu próprio não estaria muito confiante na sua capacidade de armadilhar o relógio para um prazo superior, sem que disparasse, por erro, o revólver. Explicou-me o mecanismo da armadilha e disse-me que planeara a vingança quando eu o prendera;

perguntou-me também se me lembrava do que me dissera sobre a Camorra. Recordava-me, de facto, de umas vagas ameaças. Dissertou, então, de uma forma tão completa sobre aquela organização que eu hoje estaria apto a dar conferências por toda a Europa sobre o assunto, que me dariam celebridade e prestígio, não fosse o facto de poder ser reconhecido por alguém e apontado como o reputado malandro do Raffles. Você acha que me reconheceriam na Yard, Bunny, depois de ter passado todo este tempo? Bem gostaria de arriscar um pouco para o saber!

Não lhe dei resposta sobre este anseio. Nem era o momento para o fazer. Tinha outra preocupação, e essa preocupação era o próprio Raffles. Fora torturado toda a noite e parte do dia seguinte. Porém, ali estava ele serenamente a conversar, como se nada fosse. Encontrara-se a um passo da morte. No entanto, jorrava vida por todos os poros. Maltratado, batido e cheio de sangue, ainda tinha ânimo para sorrir, como se aqueles males não o afligissem. E pensava eu que conhecia muito bem Raffles. Nunca mais me iria vangloriar de tal.

— Mas para onde foram esses velhacos? — explodi, e a minha indignação era não só devida à crueldade deles, mas também tinha origem na atitude fleumática da vítima. Custava a acreditar que este fosse o Raffles.

— Oh! — exclamou. — Estavam para partir de imediato para a Itália. Devem estar a meio caminho. Mas preste atenção à história, porque ela é interessante, meu caro. Parece que afinal o velho patife do Corbucci não é um patrão da Camorra, conforme o confessou. É nada menos do que um dos *capi paranze*, meu rapaz; e o rapaz dos olhos aveludados um *giovane onorato*, um neófito. O jovem aqui presente também era membro da organização e eu jurei dar-lhe proteção para sempre. E, precisamente como lhe disse, metade dos tocadores de realejo de Londres pertencem à organização e todos tinham recebido instruções secretas para me vigiarem. Quanto a este rapaz invulgar, dedica-se à preparação de venenos quando está em casa, em Saffron Hill.

— E por que diabo não me procurou mais cedo?

— Porque não podia falar consigo, só podia ir buscá-lo. E fazê-lo antes dos nossos amigos terem partido custar-lhe-ia a vida. Eles saíram de Victoria pelas onze horas, o que não dava grande margem. Seguramente que ele teve de correr bastante. E não se esqueça que eu combinei as coisas com ele, em poucas palavras, num breve intervalo em que ficámos sozinhos, por descuido dos outros.

O jovem vagabundo observava-nos com o seu olho solitário, como se soubesse o que estávamos a discutir. De repente começou a produzir sons angustiados, torcendo as mãos e com uma cara tão cheia de terror que eu esperei a todo o momento vê-lo cair de joelhos. No entanto, Raffles respondeu amavelmente, com segurança, conforme podia deduzir pelo tom. Depois virou-se para mim, com um encolher de ombros compassivo.

— Diz que não conseguia dar com a casa, Bunny, e realmente é compreensível. Ao fim e ao cabo, não tive tempo de lhe dar grandes explicações. Disse-lhe para o trazer aqui, a bem ou a mal, antes do meio-dia e afinal de contas ele fez isso mesmo. Mas agora o pobre diabo pensa que você está irritado com ele e que quer que o devolvamos à Camorra.

— Oh, não é com ele que estou irritado — disse-lhe francamente —, mas com esses outros velhacos e... e consigo, meu velho, por manter a sua bonomia enquanto tais patifes infames são os últimos a rir e se sentem seguros no caminho de regresso.

Raffles olhou para mim com os olhos curiosamente abertos, com um olhar que eu não sabia se era de espanto ou de ironia. Pensei que não tivesse gostado das minhas palavras. Ao fim e ao cabo, não era assunto para rir.

— Mas estão? — perguntou. — Não tenho a certeza disso!

— Você disse que estavam!

— Eu disse que deviam estar.

— Mas não os ouviu partir?

— Só ouvi o tiquetaque do relógio toda a noite. Era como o Big Ben a dar as horas... as últimas badaladas da minha vida.

Percebi então o significado daquele olhar, que traduzia a prova por que ele tinha passado.

— Mas, meu caro Raffles, se eles ainda estão por cá...

O pensamento era demasiado terrível para acabar a frase.

— Espero que estejam — disse soturnamente, indo para a porta. — Está um bico de gás aceso! Já estava quando você chegou!

Agora que pensava nisso, sim, já estava.

— E há um cheiro assustador — acrescentei, enquanto seguia Raffles pela escada abaixo.

Ele virou-se para mim gravemente com a mão sobre o fecho da porta da frente da sala. Nesse mesmo momento vi um casaco com a gola de astracã pendurado num cabide.

— Eles estão cá, Bunny — e rodou a maçaneta.

A porta só abriu uns poucos centímetros. Todavia, um odor detestável chegou até nós, com um grande jorro de luz amarela. Raffles pôs o seu lenço no nariz. Segui-lhe o exemplo, fazendo sinal ao nosso aliado para proceder da mesma forma. A seguir, entrámos com dificuldade na sala.

O corpo do homem das botas amarelas estava junto à porta. A grande carcaça do conde debruçava-se sobre a mesa. Era visível que ambos os homens estavam mortos há horas. O velho camorrista tinha o pé de um copo de licor entre os dedos azulados, um dos quais tinha sido cortado no acerto de contas. Não passava de um monte de carne lívida e exangue. A única coisa que nele parecia viva era o bigode enorme, que se salientava na cara deitada sobre a mesa.

Pão partido e restos de macarrão frio estavam espalhados sobre a roupa e no fundo de dois pratos e da terrina; o macarrão tinha o tom de tomate; e havia restos de vinho tinto nos copos e uma garrafa vazia. Mas, junto à grande cabeça grisalha, havia um cálice, intacto e ainda cheio de um líquido branco e malcheiroso; e, perto dele, um pequeno frasco de prata, que me parecia mais pertencer a Raffles do que ao morto; mais exatamente, era de Raffles.

— Vamos sair deste ar envenenado — disse com aspereza. — Vou-lhe contar como isto aconteceu.

Então juntámo-nos os três no *hall*. Mas foi Raffles quem ficou mais perto da porta da rua, de costas para ela, virado para nós. E, embora ao princípio fosse só para mim que ele falasse, fazia uma pausa de vez em quando para traduzir para o italiano a quem devia a vida.

— Você provavelmente nem sequer ouviu falar, Bunny — começou ele —, do veneno mais letal que a ciência conhece. É o cianeto de cacodilo. Há meses que transporto aquele frasco comigo. Onde o arranjei não interessa; o que conta é que uma simples inalação reduz a carne viva a restos mortais. Nunca emiti nenhuma opinião sobre o suicídio, como sabe, mas sempre pensei que seria preferível a um fim pior. Bem, calcula-se que uma garrafa cheia deste produto é suficiente para entorpecer em cinco minutos as pessoas que encherem uma sala. E lembrei-me do frasco quando eles se prepararam para me crucificar pela madrugada. Pedi-lhes que mo tirassem do bolso. Implorei-lhes que me dessem uma golada antes de me deixarem. E que supõe que eles fizeram?

Pensei em muitas coisas, mas não alvitrei nenhuma, enquanto Raffles estava a traduzir para o italiano as mesmas palavras, de forma fluente. Mas, quando me encarou de novo, havia um novo brilho no seu rosto!

— Aquela besta do Corbucci! — exclamou. — Como posso ter pena dele? Tirou-me o frasco; não me deu nada; em vez disso, bateu-me na cara. O que eu tinha em mente era levá-lo comigo para o inferno, para que a minha morte não fosse em vão. Bastava que ambos inalássemos um pouco... Mas não, tinha de me torturar e atormentar; pensou que era *brandy*; deve-o ter levado para baixo, para brindar à minha morte! Pode-se ter alguma piedade por um cão daqueles?

— Vamos embora — disse eu por fim, com a voz rouca, quando Raffles terminou de falar em italiano, deixando o seu segundo ouvinte de boca aberta.

— Vamos — concordou Raffles — embora possamos correr o risco de sermos vistos. Se as coisas derem para o pior, este bom tipo testemunhará que eu estive amarrado desde a uma hora da manhã e o exame médico indicará há quantas horas é que aqueles cães estão mortos.

Porém, o pior não aconteceu. E aproveito aqui para homenagear com gratidão o inesquecível cocheiro que nunca se apresentou à polícia para depor, informando que conduzira velozmente dois homens a Bloomsbury Square, precisamente no mesmo dia em que a tragédia se tornou pública. Por outro lado, era difícil que se interpretasse a morte dos dois malandros como um caso de homicídio. Acresce ainda que, quando se apurou a identidade de Corbucci, as informações sobre o seu perfil eram do quilate que se pode imaginar. Esse perfil ficou ainda mais acentuado quando descobriram a câmara de tortura que ele arranjara no andar superior. O inquérito não chegou a qualquer conclusão e o caso foi arquivado. O que se sabia, porém, era suficiente para se não sentir pena por eles terem falecido sem a extrema-unção.

Raffles, no entanto, nunca teria dado este título à sua história.

Apanhar um ladrão

— I —

Não é provável que as pessoas de sociedade se tenham esquecido da série de roubos audaciosos dos quais muitas delas foram vítimas durante o breve curso de um passado recente. Foram feitos assaltos após assaltos às melhores casas da cidade e, em poucas semanas, diversas cabeças aristocráticas tinham sido desprovidas da sua tiara inestimável. O duque e a duquesa de Dorchester perderam metade das peças mais leves da sua antiga baixela na mesma noite em que proporcionavam o tradicional baile de gala. Os diamantes dos Kenworthy foram levados em plena luz do dia, durante a agitação de um chá de caridade no rés do chão e a distribuição das prendas de noivado a *Lady* May Paulton, enquanto a sala se enchia de nuvens de *confetti* multicores. Era óbvio que tudo isto era trabalho de um ladrão invulgar e talvez se tornasse inevitável que o nome de Raffles surgisse à memória dos empedernidos caluniadores do falecido e dos estrénuos defensores da polícia. Esses pedantes não hesitavam em ressuscitar um morto, talvez porque não conhecessem nenhum ser vivo capaz dessas façanhas; são essas calúnias precipitadas e inconsequentes que a presente narrativa tenciona em parte refutar. De facto, a nossa conjunta inocência neste assunto só foi excedida pela nossa inveja comum e, durante bastante tempo, como o resto das pessoas, nenhum de nós tinha a mais pequena pista quanto à identidade da personagem que nos seguia os passos com resultados tão irritantes.

— Eu não me importava — disse Raffles — se o parceiro estivesse realmente a atuar dentro das regras do jogo. Mas abusar da hospitalidade nunca foi um dos meus fortes e parece ser a única maneira do cavalheiro trabalhar. Quando ficámos com o colar da velha *Lady* Melrose, Bunny, conforme se recorda, não estávamos em casa dos Melrose.

Analisávamos os roubos pela centésima vez, mas pela primeira vez sob condições mais favoráveis para uma conversação animada do que aquelas que, por circunstâncias especiais, existiam no apartamento. Não jantávamos fora muitas vezes. O Dr. Theobald constituía um obstáculo e o risco de sermos conhecidos era outro. Havia, contudo, exceções, quando o médico estava fora ou quando o paciente se tornava audacioso e, nessas raras ocasiões, frequentávamos um certo restaurante despretensioso de Fulham, onde a comida era simples, mas excelente e a adega uma surpresa. O líquido da nossa garrafa de champanhe de 89 estava pelo rótulo quando o assunto se levantou, sendo abordado por Raffles do modo que acima descrevi. Ainda posso ver os seus olhos claros sobre mim, analisando-me, avaliando-me. Todavia, na altura, não prestei atenção ao seu exame. Mas agora que recordo, sem que o meu espírito esteja toldado pelo álcool como naquela ocasião, sei que havia nele qualquer coisa de intencional, de calculista, de preparatório.

— Carne de primeira! — exclamei grosseiramente. — Então pensa que esse tipo vive em sociedade como nós vivíamos, não é?

Eu próprio detestava chegar a essa conclusão. Sem isso já tínhamos motivos suficientes para ciúmes. Mas Raffles levantou as sobrancelhas num eloquente arco.

— Apenas isso, meu caro Bunny? Ele não só convive com ela, como faz parte dela; aí não há comparação entre nós. A sociedade divide-se em círculos como um alvo e nós nunca estivemos no centro do alvo, por muito que se esforce! Eu fui convidado para esse círculo devido a ser jogador de críquete. Ainda não o esqueci. Mas este fulano é um dos deles, com o direito de *entrée* pela porta principal, enquanto qualquer outro teria de entrar de outra maneira. Isso é óbvio, a não ser que todas estas pequenas façanhas fossem obra de outras mãos, o que claramente não me parece. E era por isso que daria quinhentas libras para ser convidado com ele hoje à noite.

— Você? — exclamei, enquanto escoava o meu copo numa alegre incredulidade.

— Claro, meu caro Bunny. Criado! Mais meia garrafa! — Raffles inclinou-se sobre a mesa quando a vazia foi levada. — Nunca falei mais sério na minha vida — continuou ele, em tom confidencial. — Seja quem for o nosso sucessor, não é um fantasma como eu ou um homem marcado como você. Se há alguma verdade na minha teoria, será um daqueles que está acima de qualquer suspeita. Mas afirmo-lhe, Bunny, que daria um excelente sócio para qualquer de nós!

Se estas palavras não tivessem sido ditas de forma simpática, a ideia de um terceiro sócio ter-me-ia ofendido. No entanto, Raffles escolhera o melhor momento para o fazer, quando o meu cérebro estava meio toldado pela bebida. Utilizando metáforas, transformando a nossa vida presente numa partida de críquete, o peso dos seus argumentos acabou por se fazer sentir. O jogo era lento... Precisávamos de um novo marcador... Enfim, numa palavra, era necessário refrescar a equipa com a entrada de um novo elemento.

As metáforas de Raffles serviram os seus propósitos. Acabei por concordar com ele. Na verdade, começava a cansar-me do meu papel de empregado mercenário, além da minha impostura suscitar já suspeitas a outro impostor: o médico. Recomeçar a vida, sem entraves, era uma ideia fascinante. Contudo, se dois eram companhia, três seriam multidão. Contudo, nas circunstâncias atuais, não via forma de resolvermos um problema que constituía o desespero da Scotland Yard.

— Creio ter uma solução! — observou Raffles, esmagando uma noz nas mãos.

— Como assim? — perguntei, não acreditando, nem por um momento, nele.

— Eu tenho comprado o *Morning Post* durante algum tempo.

— E então?

— Você tem-me arranjado jornais muito popularuchos...

— Palavra de honra que não consigo perceber onde quer chegar.

Raffles sorriu indulgentemente enquanto partia outra noz.

— Isso é porque você não tem nem espírito de observação nem imaginação, Bunny... e, no entanto, quer ser escritor! Bem, você nem imagina, mas tenho uma lista bastante completa das pessoas que estiveram nos locais onde, a coberto de festas e homenagens, se deram estes pequenos *coups*.

Respondi-lhe, imperturbavelmente, que não via como isso o podia ajudar. Era a única resposta para o seu bom-humor e autossatisfação. Além de que correspondia ao que eu pensava.

— Reflita! — pediu Raffles, com uma voz paciente.

— Quando os ladrões assaltam e roubam no primeiro andar — disse-lhe — não vejo muito interesse em descobrir quem estava ao mesmo tempo no rés do chão.

— Precisamente! — exclamou Raffles. — Quando assaltam!

— Mas é o que tem acontecido em todos estes casos. Uma porta do primeiro andar é encontrada arrombada, quando a festa estava no auge, no piso inferior; antes do alarme ser dado, o ladrão foge e leva consigo as joias. Ora, é um truque tão velho que você nunca o quis utilizar...

— Não tão velho como parece — disse Raffles, escolhendo os charutos e dando-me um.

— *Cognac* ou *Benedictine*, Bunny?

— *Brandy* — retorqui grosseiramente.

— Além disso, — continuou ele — as salas não estavam hermeticamente fechadas; em Dorchester House, para todos os efeitos, a porta só estava fechada à chave; e faltava a chave, pelo que não poderiam ter entrado por outro lado.

— Mas foi onde o ladrão abandonou a sua escada de corda! — exclamei triunfante; mas Raffles limitou-se a abanar a cabeça.

— Não acredito nessa escada de corda, Bunny, a não ser como uma falsa pista.

— Então em que diabo é que você acredita?

— Que todos estes pretensos assaltos têm sido feitos do interior, por um dos convidados; e mais, julgo saber quem é o «desportista»!

Comecei a acreditar que sim, pois os seus olhos fitavam-me com seriedade. Levantei o meu copo num brinde e ainda me lembro do olhar algo ansioso com que ele me observou a esvaziá-lo.

— Só posso encontrar um nome possível — prosseguiu — que é comum em todas as listas e que surge como o mais provável. *Lord* Ernest Belville esteve presente em todas essas festas. Sabe alguma coisa acerca dele, Bunny?

— Não é o fanático da «Temperança no Beber»?

— Sim.

— Basta-me saber isso do homem.

— Precisamente — confirmou Raffles —, e, no entanto, o que poderia ser mais prometedor? O homem cujos pontos de vista são tão amplos e moderados, e já tão extensamente difundidos (não desfazendo, Bunny), não maça as pessoas com eles sem motivos inconfessados. Até aqui tudo bem. Quais são os motivos deste tipo? Quer fazer propaganda de si próprio? Não, ele já é alguém. Mas é rico? Pelo contrário, é pobre como Job, atendendo à posição que ocupa e, aparentemente, sem a mais pequena ambição de ser qualquer outra coisa; certamente que não enriquecerá criando uma moda que corresponde ao bom senso do comum dos mortais. Então, subitamente, surge uma velha ideia: a profissão alternativa! O meu críquete... a sua «Temperança no Beber»! Mas não vale a pena tirar conclusões. Preciso de saber mais do que aquilo que os jornais me dizem. O nosso amigo aristocrata anda nos quarenta e é solteiro. O que tem feito todos estes anos? Como diabo o conseguiria eu descobrir?

— Como foi? — perguntei, declinando estragar a minha digestão com uma adivinha e contrariando a intenção evidente de Raffles.

— Entrevistei-o! — respondeu Raffles, sorrindo lentamente do meu espanto.

— Entrevistou-o? — repeti. — Quando... e onde?

— Na passada quinta-feira à noite, quando, conforme se recorda, viemos para casa cedo, porque me sentia cansado. Do que é que servia dizer-lhe que tinha qualquer coisa na manga, Bunny? A coisa podia ter acabado num fiasco e ainda pode. Mas *Lord* Ernest Belville ia para uma conferência no Exeter Hall; esperei por ele à saída, acompanhei-o no caminho para sua casa, até King John's Mansions, e entrevistei-o nos seus próprios aposentos antes de ele se recolher.

O meu ciúme jornalístico foi avivado. Afetando um ceticismo que não sentia (pois nenhum ultraje ultrapassava o seu descaramento), inquiri secamente que jornal Raffles tinha fingido representar. É desnecessário relatar a sua resposta. Eu não podia acreditar nele sem explicações adicionais.

— Lembrei-me de que mesmo você — explicou — tem um hábito que eu próprio, algumas vezes, tenho posto em prática. Antes de sair, vou sempre à sala de visitas e encho o meu bolso do casaco com cartões de visita. Prestam enorme serviço quando ocasionalmente queremos fazer uma pequena rábula. Na quinta-feira à noite, apresentei um cartão de um importante escritor ligado a um importante jornal; se *Lord* Ernest o conhecesse em pessoa eu seria obrigado a confessar que se tratava de um ardil jornalístico; felizmente não conhecia... e comuniquei-lhe que o meu editor me pedira para fazer uma entrevista para ser publicada na manhã seguinte. O que poderia ser melhor para uma profissão alternativa?

Perguntei-lhe sobre o desenrolar da entrevista.

— Consegui o que queria — respondeu Raffles. — *Lord* Ernest andou de um lado para o outro nos últimos vinte anos. Texas, Fiji, Austrália. Suspeitei de que tinha uma família em cada porto... Mas os seus modos são os de uma educação liberal. Deu-me algum bom *whisky* e esqueceu tudo sobre a sua mania da temperança. É um indivíduo voluntarioso e arguto, mas consegui não o manter na defensiva. Hoje à noite vai a Kirkleatham's... eu vi o convite. Enfiei alguma cera no buraco da fechadura enquanto ele andava a apagar as luzes.

E, com um olho nos criados, Raffles mostrou-me o perfil de uma chave, de fabrico recente; mas a quantidade de bebida que eu ingerira (em proporção desigual relativamente a Raffles) tornara-me obtuso. Olhava a chave porque a tinha visto no espelho por trás de Raffles.

— A viúva *Lady* Kirkleatham — murmurou — tem diamantes grandes como feijões e gosta de andar com todos eles... e vai cedo para a cama... e por acaso vive na cidade!

Começava a compreender.

— O malandro vai roubá-las!

— E eu vou roubá-las ao malandro — disse Raffles. — Para nosso benefício. Vamos tê-lo à nossa mercê. Ele não ousará negar.

O plano de Raffles era o de abrir caminho até aos aposentos do *Lord* Ernest antes da meia-noite; aí esperaríamos pelo aristocrático malandro. A forma de concretizar a ação pertenceria a Raffles. A minha preciosa ajuda consistiria em estar presente, para o caso de haver barafunda. Era um papel que eu já desempenhara no passado, nem sempre de boa vontade, e que Raffles considerava sempre ao mesmo nível do seu. Nesta noite, porém, eu não punha quaisquer entraves. Tinha bebido champanhe suficiente estimulado ardilosamente por Raffles! — e estava pronto e ansioso pelo desencadear da ação. Na verdade, nem queria esperar pelo café que Raffles pedira que fosse forte. Contudo, ele insistiu nisso e já era entre as dez e as onze quando, por fim, apanhámos um cabriolé.

— Seria fatal chegarmos demasiado cedo — explicou-me, enquanto avançávamos. — Por outro lado, seria perigoso deixar para muito tarde. Temos de arriscar um pouco... Como eu gostaria de passar por Picadilly, para ver a iluminação! Mas é parvoíce corrermos riscos desnecessários!

— II —

King John's Mansions, como toda a gente sabe, é o bloco residencial mais feio, mais velho e mais alto de toda a Londres. Mas é construído segundo uma escala muito generosa que se tornou norma a partir daí, sem ter em conta a economia de espaço. Estávamos quase a entrar no espaçoso pátio quando o guarda do portão nos mandou parar para deixar sair outro carro. Neste, vinha um homem de meia-idade, que devia ser militar, trajando, como nós, um fato de cerimónia. Não pude deixar de reparar nestes pormenores quando o carro passou por nós, mas não me chamariam particular atenção se não se desse o caso de Raffles ter agido de forma invulgar. Desceu rapidamente do cabriolé, pagou a corrida e, logo a seguir, arrastou-me consigo, atravessando a rua e afastando-se da casa.

— Onde diabo é que vai? — perguntei naturalmente.

— Para o parque — disse-me. — Chegámos cedo de mais.

O tom da sua voz falou-me mais do que as palavras. Estava estranhamente áspera.

— Era ele... dentro do carro?

— Era.

— Bem, então o caminho está livre — exclamei, aliviado.

E preparava-me para voltar para trás quando a mão de Raffles me apertou o braço com dureza.

— É ainda demasiado cedo para o que pretendo — disse-me. — Sentemo-nos neste banco. Não, é melhor o outro que está mais afastado do candeeiro. Vamos dar-lhe uma boa meia-hora e fiquemos em silêncio.

Estávamos sentados há pouco tempo quando o Big Ben se fez ouvir, com o toque lento dos sinos. Eram dez e meia e estava uma noite abafada. Pouco depois de baterem as onze, Raffles pareceu despertar e deu-me uma palmada nas costas. Daí a pouco estávamos no elegante átrio, já no interior do pátio de King John's Mansions.

— Acabámos de deixar *Lord* Ernest em casa de *Lady* Kirkleatham — informou Raffles. — Deu-me a chave de casa e pediu-nos que esperássemos por ele nos seus aposentos. — Pode-nos levar no elevador?

De um certo modo, Raffles espantava-me sempre. Não teve sequer um momento de hesitação. Os aposentos de *Lord* Ernest Belville ficavam no topo do edifício, mas chegámos lá tão depressa quanto foi possível ao elevador levar-nos e ao paquete conduzir-nos. E afinal de contas não foi precisa a chave falsa; o rapaz abriu a porta com a sua própria chave e acendeu as luzes antes de nos deixar.

— Isto é muito interessante... — exclamou Raffles assim que ficámos sozinhos.

— Quando ele não está cá, o pessoal de limpeza entra. Guardará o produto dos roubos no banco? Caramba, pode muito bem acontecer! Não acredito que se tenha desembaraçado dos despojos, tem tudo escondido algures, se não estou enganado e ele não for tolo.

Enquanto falava, ia-se movendo pela sala de estar, que estava encantadoramente mobilada em estilo antigo e fazendo comentários, como se fosse um empregado de leilões com um inventário para preparar e só um dia para o fazer e não um arrombador que pode ser surpreendido a qualquer momento.

— Estilo Chippendale, hã, Bunny? Claro que não é genuíno; mas onde é que agora se pode arranjar Chippendale genuíno e quem o reconhece quando o vê? Nem sempre antigo é sinónimo de valioso. Porém, há muita gente que gosta de dar ares de entendida! Se uma coisa é elegante, útil e combina bem com a decoração, é quanto me basta.

— Não será melhor darmos uma vista de olhos geral? — sugeri nervosamente.

Ele nem sequer tinha fechado à chave a porta exterior. Nem o fez depois de lhe ter chamado a atenção para o facto.

— Se *Lord* Ernest encontra os seus aposentos fechados à chave, cairá Troia — explicou Raffles. — Temos de o deixar entrar e permitir que seja ele próprio a fechar a porta à chave antes de o encurralarmos. Mas ele ainda vai demorar; se o fizesse, estaríamos a braços com um problema, pois o porteiro informá-lo-ia da nossa presença e repetiria as minhas palavras. Uma nova equipa rende à meia-noite. Soube isso quando vim cá.

— Suponha que ele chega antes?

— Bem, não nos vai pôr fora sem saber primeiro quem somos e, depois de conversar com ele, não ousará escorraçar-nos. A não ser que as minhas suspeitas sejam infundadas, claro.

— Não é altura para se certificar?

— Meu caro Bunny, o que supõe que tenho estado a fazer todo este tempo? Ele não guarda nada aqui. Não há uma fechadura no Chippendale que não seja fácil de abrir com o canivete, e nem um ladrilho solto no chão, pois eu bem olhei antes mesmo de o rapaz se ir embora. As chaminés não servem num local como este, pois o pessoal mantém-nas sempre limpas. Sim, estou pronto para tentar no quarto.

Além deste, só havia uma casa de banho; nem cozinha, nem quarto para criado; nem é necessária nenhuma destas coisas em King John's Mansions. Eu também pensava nisto quando espreitei para a casa de banho enquanto Raffles ia para o quarto, pois sentia-me atormentado pela horrível ideia de que o homem pudesse estar escondido algures no apartamento. Porém, quando acendi a luz, ninguém se encontrava na casa de banho. Encontrei Raffles debruçado na janela do quarto, com o seu perfil recortado contra um céu estrelado, pois a divisão estava ainda às escuras. Rodei o interruptor da porta.

— Apague a luz! — replicou Raffles com dureza.

Ergueu-se do parapeito, fechou os estores e os cortinados cuidadosamente e então ele próprio acendeu a luz. A sua expressão traduzia mais piedade do que fúria, e Raffles só abanou a cabeça em sinal de censura enquanto eu deixava descair a minha, em sinal de vergonha.

— Está tudo bem, meu caro — confortou-me. — Mas não se esqueça que os corredores também têm janelas e os criados têm olhos. E pensam que você e eu estejamos na outra sala, não aqui. Mas anime-se, Bunny! É este o quarto; olhe para a fechadura extra da porta; além do reforço, há uma escada de serviço que sai da janela, em caso de fogo! Um caminho para fugir em caso de necessidade; ele é, afinal, melhor do que eu pensava, Bunny. Mas você pode apostar todo o dinheiro que tiver em que, se ele esconder algum despojo em casa, está aqui neste quarto!

No entanto, o quarto estava mobilado muito levemente; e nada estava fechado à chave. Procurámos por toda a parte, mas procurámos em vão. O armário estava cheio de casacos e calças pendurados, as gavetas com as sedas mais macias e os linhos mais finos. Havia uma armação de cama de campanha que um eremita não desprezaria; não era sítio para guardar tesouros. Espreitei pela chaminé, mas Raffles comentou que não fosse parvo e perguntou-me se ouvia alguma vez o que ele dizia. Agora já não tinha dúvidas sobre a sua disposição. Nunca o tinha conhecido com pior humor.

— Então a coisa está no banco — rosnou. — Juro que não estou enganado quanto ao homem!

Aí tive o tato de não discordar dele. Mas não pude deixar de sugerir que agora era o momento para remediar um qualquer erro que pudéssemos ter feito. Ainda estávamos a tempo.

— Então desçamos a escada a toda a pressa! — exclamou Raffles. — Não, macacos me mordam se o faço! Ele pode chegar com os diamantes de Kirkleatham! Faça o que quiser, Bunny, mas eu não saio daqui.

— Claro que não vou permitir — retorqui — que leve uma tareia de um homem melhor que você.

Eu tinha adotado o seu próprio tom e ele não gostou. Nunca ninguém gosta. Por um momento pensei que Raffles me fosse bater — pela primeira e última vez na sua vida. Podia, se quisesse. O meu sangue estava a ferver. Estava pronto para o mandar para o diabo. E dei ênfase à minha ofensa abanando a cabeça e encolhendo os ombros em direção a um par de enormes clavas indianas que estavam no guarda-fogo, de cada lado da chaminé, como que desafiando-o a pegar numa.

Num instante, Raffles agarrou nas clavas e agitou-as sobre a sua cabeça grisalha, numa mistura previsível de atitude infantil e de ameaça arrogante. E, subitamente, enquanto o observava, a sua expressão mudou, suavizou-se, iluminou-se e depôs gentilmente as clavas sobre a cama.

— Não são suficientemente pesadas para o seu tamanho — disse com rapidez — e aposto em como não têm o mesmo peso!

Abanou uma clava a seguir à outra, com ambas as mãos, junto aos ouvidos; depois examinou-lhes as extremidades sob a luz. Percebi do que ele agora suspeitava e fui contagiado pela sua excitação. Nenhum dos dois falou. Mas Raffles pegara na caixa portátil de ferramentas, a que na brincadeira chamava «canivete» e que trazia sempre consigo. Enquanto a abria, entregou-me a clava que segurava. Instintivamente entalei a pequena extremidade debaixo do braço e apresentei a outra a Raffles.

— Segure-a bem — murmurou, sorrindo. — Ele não só é um homem melhor do que aquilo que eu pensava, Bunny, como também, nalguns aspetos, me supera. Que burrice não ter pensado nelas há mais tempo!

Ele tinha apertado a verruma à extremidade circular, junto à borda, e agora torcíamos em direções opostas. Durante alguns momentos, nada aconteceu. Então, de repente, algo cedeu e Raffles emitiu uma praga tão suave como uma oração. E, de imediato, a sua mão fazia rodar a verruma, como se estivesse a dar corda a um relógio, enquanto a extremidade se desenroscava nas espiras delicadas da excelente madeira.

As clavas eram ocas e, sucessivamente, fomos retirando os pequenos embrulhos almofadados, que caíram sobre a cama. Estávamos encantados por sentir o seu peso nas nossas mãos. O algodão em rama que os envolvia moldava o seu conteúdo. E quando os abrimos... mas ouçamos primeiro Raffles.

Ele pedira-me para aparafusar as extremidades das clavas e recolocá-las no guarda-fogo onde as tínhamos encontrado. Quando concluí a minha tarefa, a coberta da cama brilhava com diamantes tremeluzentes e com pérolas.

— Se esta não é a tiara com que a *Lady* Mary se casou — disse Raffles — e que desapareceu do quarto enquanto caíam *confetti* no salão, eu mesmo dou-lhe esta de presente em lugar da que perdeu... Era estúpido guardar estas velhas colheres douradas, valiosas como são; além de fazerem pesar mais uma das clavas... Aqui temos nós provavelmente os diamantes de Kenworthy... Não conheço a história destas pérolas... Estes parecem brincos de família talvez deixados no lavatório... Ah! Pobre senhora! É o destino.

Os nossos olhos encontraram-se.

— Quanto é que isto tudo vale? — perguntei grosseiramente.

— Impossível de dizer. Mas mais do que tudo o que roubámos em toda a nossa vida. Isso posso jurar. Mais do que tudo...

Mal conseguia falar, perante esta ideia.

— Mas não é fácil, de um dia para o outro, transformar estes despojos em dinheiro, meu caro!

— E... temos de dividir isto com ele? — perguntei em tom lúgubre.

— Que se dane a sociedade! — exclamou Raffles com espontaneidade. — Vamos sair mais depressa do que entrámos!

Entre os dois, pusemos tudo nos bolsos, incluindo o algodão, não porque este nos fosse útil, mas para não deixarmos qualquer vestígio do nosso épico feito.

— O malandro não se atreverá a dizer uma palavra do sucedido quando descobrir que foi roubado — afirmou Raffles referindo-se a *Lord* Ernest —, mas isso não é razão para que descubra cedo de mais. Penso que está tudo arrumado... Não, é melhor deixar a janela aberta como estava, e o estore para cima. Agora apague a luz. Uma olhadela à outra sala. Também está tudo bem. Apague a luz do corredor, Bunny, enquanto eu abro...

As suas palavras morreram num murmúrio. Ouviu-se uma chave rodar na fechadura da porta de entrada.

— Apague a luz... Depressa! — murmurou Raffles angustiadamente.

Depois de eu ter executado a ordem, deu-me um encontrão e empurrou-me em silêncio para o quarto, precisamente quando a porta se abria e se escutavam algumas passadas enérgicas.

Os cinco minutos seguintes foram de tensão. Ouvimos o apóstolo da «Temperança no Beber» abrir uma das gavetas do fundo do armário antigo e seguiram-se sons estranhos como o despejar de líquido e o ruído inconfundível de um sifão. Nunca antes ou depois tivera uma sede tão grande como a que me assolou naquele momento, nem acredito que muitos exploradores tropicais tenham conhecido uma igual. No entanto, Raffles estava comigo e a sua mão firme tranquilizava-me.

Apercebi-me disso porque, por algum motivo, me levantou a gola do sobretudo e abotoou-o até à garganta. Verifiquei depois que procedia de idêntica maneira com o dele. Mantínhamo-nos em silêncio que apenas foi quebrado por um ligeiro ruído metálico, que Raffles produzira dentro do bolso do sobretudo, e que teve o condão não só de me serenar como de me preparar para qualquer eventualidade. Porém, na altura, não percebi qual o jogo que Raffles estava decidido a jogar e em que eu iria participar em breve.

Lord Ernest não levou muito tempo a entrar no quarto. O meu coração parecia querer saltar do peito. Estávamos de pé junto à porta e podia jurar que ele me tocou; então as suas botas rangeram, houve um ruído no guarda-fogo... e Raffles acendeu a luz.

Lord Ernest Belville estava inclinado e segurava uma clava indiana, com a expressão de um criado apanhado a roubar uma garrafa. Era um homem com bom aspeto, bem constituído, grisalho, com ar voluntarioso; mas, naquela altura, aparentava um ar de tolo e fraco.

— *Lord* Ernest Belville — disse Raffles —, não cometa nenhuma imprudência. Este revólver está carregado e, se a isso for forçado, dispararei sobre si como o faria sobre qualquer outro criminoso desesperado. Estou aqui para o prender por uma série de roubos de que foram vítimas o duque de Dorchester, *Sir* John Kenworthy e outros nobres e cavalheiros. É melhor deixar cair o que tem na mão. Está vazio.

Lord Ernest ainda ergueu a clava por alguns centímetros e também as sobrancelhas. Depois disso, a sua energia, tal como a clava, caíram no guarda-fogo. Ficou de pé, imóvel, com um sorriso cortês, mas irónico sob o seu bigode aparado, voltando a adquirir autodomínio e a parecer o que era, criminoso ou não.

— Scotland Yard? — perguntou.

— Isso é connosco, *my lord*.

— Nunca pensei que fosse descoberto! — disse *Lord* Ernest. — Estou a reconhecê-lo! É o meu entrevistador! Não, nunca pensei que vocês apanhassem isso tudo. Já agora, vamos para a outra sala para lhes mostrar outra coisa. Oh, por favor, não envolvam o meu nome neste caso! Mas olhem para isto!

Sobre o aparador de estilo, brilhando e refletindo-se na superfície de mogno polido, jazia um grupo resplandecente de pedras preciosas. *Lord* Ernest pegou nelas, mostrando-as entre os dedos e entregou-as a Raffles com um ligeiro encolher de ombros.

— Os diamantes de Kirkleatham — confirmou. — É melhor acrescentá-los ao resto.

Raffles assim o fez sem um sorriso. Com o seu sobretudo abotoado até ao queixo, o chapéu alto enterrado até aos olhos e com o ar duro e carrancudo, representava na perfeição o papel de detetive. O que eu representava só Deus sabe, mas fiz os possíveis para o fitar com ar ameaçador e servir de cão de guarda. O jogo começara e teríamos de sair como vencedores...

— É claro que não pensam em dividir isto comigo? — perguntou casualmente *Lord* Ernest.

Raffles nem se dignou a responder. Eu emiti um som que parecia uma rosnadela.

— Então, pelo menos, uma bebida!

Senti vontade de aceitar, mas Raffles abanou a cabeça impacientemente.

— Temos de ir andando, *my lord*, e o senhor acompanha-nos.

Perguntei a mim próprio para que diabo precisávamos da companhia dele.

— Dê-me tempo para pôr algumas coisas em ordem... Um par de pijamas e a escova de dentes, sabe?

— Não lhe posso dar muitos minutos, *my lord*, mas não quero que haja muita agitação no prédio. Vou pedir lá fora para que chamem um cabriolé. Não me demoro nada. E o senhor tem cinco minutos para estar pronto. Tome, inspetor, é melhor guardar isto enquanto vou lá fora.

Ia ficar sozinho com um criminoso perigoso!

Raffles beliscou-me o braço quando me entregou o revólver, mas isso pouco me confortou.

— Não podemos negociar? — inquiriu *Lord* Ernest quando ficámos face a face.

— O senhor não me corrompe — repliquei entre dentes.

— Então acompanhe-me até ao quarto. Eu vou à frente. Vai maltratar-me se eu me portar mal?

Ele ficou do lado de lá da cama e eu no de cá. Pousou uma mala em cima do leito e, com ar desanimado, foi atirando umas roupas para o seu interior. De repente, quando as estava a ajeitar, sem levantar a cabeça (que eu estava a observar), a sua mão direita fechou-se sobre o cano da pistola que lhe apontava.

— É melhor não disparar — disse-me, com um joelho em cima da cama. — Se o fizer pode ser tão mau para mim como para si!

Tentei arrancar o revólver da sua mão.

— Disparo, se for obrigado — repliquei.

— É melhor não — repetiu, sorrindo; e, agora, percebia que se o fizesse só atingiria a cama ou as minhas próprias pernas. A sua mão estava sobre a minha, inclinando o revólver naquela direção. A força dele era bem superior à minha; e agora já tinha ambos os joelhos sobre a cama; e, subitamente, vi a outra mão fechar-se, para me dar um murro.

— Socorro! — gritei debilmente.

— Socorro, certamente! Eu começava a acreditar que vocês *eram* da Yard. — E, ao mesmo tempo que dizia isto, desferiu-me um golpe sob o queixo. Lembro-me vagamente do barulho que fiz ao cair.

— III —

Raffles estava de pé, junto a mim, quando recobrei os sentidos. Jazia estendido sobre a cama na qual o velhaco do Belville tinha desferido o seu traiçoeiro golpe. A mala estava no chão, mas o seu infame dono tinha desaparecido.

— Ele foi-se? — foi a minha primeira pergunta, feita numa voz fraca.

— Graças a Deus que você não, apesar de tudo! — replicou Raffles, frase que achei de muito mau gosto. Consegui erguer-me sobre um cotovelo.

— Refiro-me a *Lord* Ernest Belville — cortei com ar sério. — Tem a certeza de que ele não está aqui?

Raffles agitou uma mão para a janela, que estava toda escancarada e por onde se viam as estrelas.

— Claro que não — respondeu. — Foi pelo caminho que eu calculava, fugiu pela escada de serviço. Que diabo havíamos de fazer com ele? Meu pobre Bunny, ainda pensei que ele conseguisse suborná-lo! Mas realmente assim é melhor... Deixe *Lord* Ernest, por ora, convencido de que éramos da polícia.

— Tem a certeza de que está convencido — questionei, sentindo ainda as minhas pernas a fraquejarem.

— Claro! — exclamou Raffles naquele tom que nos faz envergonhar por não termos percebido à primeira. — De resto, estou-me nas tintas quanto a isso — acrescentou jovialmente. — Não pode fazer nada! Mesmo, como é de calcular, que venha a aperceber-se do que aconteceu, não se atreverá a abrir a boca.

— Então, quanto mais depressa sairmos daqui melhor — repliquei, olhando de soslaio para a janela aberta, pois a minha cabeça ainda andava à roda.

— Quando se sentir melhor — retorquiu Raffles. — Sairemos calmamente, utilizando o elevador. Você, Bunny, está sempre com receios... Vou fechar a janela e deixar tudo exatamente como encontrámos. *Lord* Ernest é capaz de aparecer antes de darem pela falta dele; e então pode regressar para nos pôr a mão... mas não vejo grandes possibilidades de que faça alguma coisa! Vamos, Bunny, controle-se e vai ver que se sente outro homem ao ar livre.

E por uns momentos senti-me outro, tal foi o meu alívio em sair daquele maldito edifício sem os pulsos algemados, o que conseguimos com bastante facilidade. O ator consumado que era Raffles desempenhou perfeitamente a rábula da saída, tal como o fizera aquando da entrada ou do desempenho principal nos aposentos do lorde. Sentia-se bem que estava orgulhoso, quando caminhámos de braço dado por St. James Park. Havia muito tempo que não o via tão satisfeito consigo próprio.

— Penso que nunca tive uma ideia mais brilhante na minha vida — explicou. — Só me ocorreu quando ele entrou em casa. E foi mesmo na hora certa, embora não estivesse muito preocupado com o caso. De qualquer forma, tínhamo-lo na mão. Só lamento que ele o tenha esmurrado. Na verdade, quando disse que ia à rua, fiquei do outro lado da porta, à escuta. Fiquei angustiado quando você gritou por socorro. Também já uma vez parti a cabeça, Bunny, não sei se se recorda, e por uma causa que não valia tanto a pena!

E, enquanto dizia isto, Raffles apalpava os bolsos que continham uma valiosa fortuna. Sorriu-me enquanto atravessávamos as avenidas iluminadas do Mall. Depois, acenou para um cabriolé, em atenção ao meu estado, e não me deixou dizer uma única palavra até nos apearmos a uma distância prudente de nossa casa.

— Como eu tenho sido rude, Bunny! — murmurou então. — Você bem merece ficar com metade do roubo, meu velho, pois trabalhou bem para isso. Ah, entremos pela porta que dá para o telhado, porque se é demasiado tarde para o velho Theobald ainda estar a trabalhar, é demasiado cedo para se ter já enfrascado.

Por isso trepámos as escadas com agilidade felina e como felinos percorremos o telhado. A noite estava escura e não conseguíamos sequer ver os contornos das chaminés. Tínhamos quase de tatear o caminho para não escorregarmos pelo parapeito e batermos com os ossos no solo, lá bem em baixo. Quando atravessámos uma pequena ponte entre dois parapeitos, senti ainda no corrimão metálico o calor deixado pela mão de Raffles, que ia à frente. De qualquer forma, a noite estava excecionalmente quente.

— O apartamento deve estar um forno — resmunguei, ao chegar ao topo das escadas de acesso a casa.

— Então não entremos — retorquiu Raffles prontamente. — Em vez disso, descansemos aqui um bocado. Não, Bunny, deixe-se estar! Vou-lhe buscar uma bebida e uma cadeira de abrir. Só iremos para casa quando se sentir melhor.

Aceitei sem resistência, como já era habitual. Ou melhor, sem sequer esboçar a mais pequena recusa, pois nem para isso sentia forças. Tal fora a força com que o outro malandro me socara!... A minha cabeça ainda latejava, quando me sentei num dos parapeitos. As mãos escaldavam. Não era uma noite para curar uma dor de cabeça. Ouvia-se distintamente trovejar. Enquanto repousava, pensei na minha vida desventurada de malandro de segunda classe. E enquanto estava mergulhado nestes pensamentos, ouvi passos que julguei serem de Raffles, não estranhando o facto de virem de uma direção oposta.

— Voltou depressa! — disse simplesmente.

— Sim — silvou uma voz que reconheci — e você ainda tem de ser mais rápido! Olhe, levante os braços, um de cada vez; e se disser uma sílaba é um homem morto.

Era *Lord* Ernest Belville; o seu bigode cinzento, aparado curto, brilhou na escuridão, desenhado sobre os dentes. Na sua mão cintilava um par de algemas e, antes de eu dar por isso, uma fechava-se sobre o meu pulso.

— Agora venha para aqui — disse *Lord* Ernest, mostrando-me também um revólver — e espere pelo seu amigo. Recorde-se: uma palavra de alerta e é a sua morte!

O velhaco levou-me para a ponte que eu tinha acabado de atravessar atrás de Raffles e algemou-me ao corrimão de ferro. Já não o sentia morno, mas gelado como o sangue nas minhas veias. Portanto, este refinado malandro batera-nos em toda a linha. E Raffles tinha finalmente encontrado um adversário à altura! O que me parecia intolerável era saber que Raffles estava lá em baixo, no apartamento, por minha causa, e sentir-me impotente para o avisar do seu destino. Se gritasse, punha todo o prédio em alvoroço. E ali estava eu, em pânico, acorrentado como Andrómeda à rocha, completamente envolvido pelo negrume da noite. E, perante os meus olhos, agora familiarizados com a escuridão, encontrava-se *Lord* Ernest Belville, esperando que Raffles emergisse com as mãos ocupadas e o espírito despreocupado! Apanhado assim de surpresa, mesmo um homem como Raffles se tornaria uma presa fácil para um bandido expedito e tão corajoso como ele, um «cavalheiro» que, desde o princípio, ele subestimara. Não queria, contudo, fazer recriminações quanto à sua atuação passada, nem era o momento oportuno para isso; o que me preocupava agora era o desenrolar dos acontecimentos.

E o que aconteceu foi pior do que todas as minhas fatais previsões: primeiro apareceu uma luz vacilante no cimo das escadas e, finalmente, Raffles... em mangas de camisa! Não só segurava uma vela, o que o tornava um excelente alvo, como não trazia nem o sobretudo nem o casaco, em cujos bolsos poderia trazer o revólver.

— Onde é que se meteu, meu velho? — perguntou suavemente, ele próprio cego pela luz que transportava; e avançou um pouco mais em direção a Belville.

— Não é você, pois não?

E Raffles parou, erguendo a vela numa mão e segurando, com a outra, a cadeira de abrir.

— Não, não sou o seu amigo — replicou facilmente *Lord* Ernest. — Mas tenha a amabilidade de permanecer onde está e não baixe a vela um centímetro, a não ser que queira que os seus miolos saltem para a rua.

Raffles não proferiu uma palavra e, por um momento, parecia que ia obedecer. De qualquer forma, nem uma só vez o braço que segurava a vela estremeceu, provando o seu espantoso autodomínio. Então, ante o meu olhar horrorizado, curvou-se calmamente, pousando a vela e a cadeira no chão, e pôs as mãos nos bolsos, como se a arma que para ele estava apontada fosse um brinquedo.

— Porque não disparou? — perguntou insolentemente, enquanto se endireitava. — Teve medo do barulho? Eu também tinha, com uma traquitana dessas. Se estivéssemos no campo, seria útil... mas nos telhados de uma cidade, à noite!...

— Porém, vou fazer uso dela — replicou *Lord* Ernest, por sua vez também calmo, embora com menor insolência. — Corro o risco de fazer barulho, a não ser que me devolva imediatamente aquilo que é meu. Fico satisfeito se você não reagir — continuou ele, depois de uma ligeira pausa. — Não há honra mais respeitada do que aquela que subsiste, ou devia subsistir, entre ladrões; e não preciso de dizer que rapidamente me apercebi que você pertence à confraria. Não foi logo ao princípio, repare! De início pensei efetivamente que era um daqueles detetives espertos que pretendem sair do anonimato, sendo notícia de algumas revistas baratas; mas para me manter nessa ilusão devia ter-se feito acompanhar por um ajudante capaz. Foi ele quem desmascarou o jogo — disse o bandido a rir-se e perdendo, por um momento, o ar displicente do aristocrata que pretende sublinhar a humilhação. — Os detetives espertos não andam por aí com anjinhos a ajudá-los. A propósito, não se preocupe por causa dele. Não foi necessário atirá-lo para a rua; pode ser visto, embora não ouvido, se olhar na direção certa. Nem deve pôr toda a culpa no seu amigo; não foi ele, mas você, quem acreditou que eu saíra pela janela. Sabe, estive todo o tempo na casa de banho... com a porta aberta.

— Na casa de banho, hã? — repetiu Raffles com interesse profissional. — E seguiu-nos a pé pelo parque?

— Claro.

— E depois num cabriolé?

— E depois, mais uma vez, a pé. A mais vulgar gazua bastaria para entrar lá em baixo.

Vi, à luz da vela que estava entre eles, *Lord* Ernest esboçar um sorriso.

— Seguiu todos os movimentos — disse. — Não pode haver dúvidas de que pertence à confraria. E não me admirava se tivéssemos aprendido o nosso estilo no mesmo modelo: o sempre célebre A. J. Raffles, não é assim?

A questão abrupta tirou-me a respiração; mas o próprio Raffles não hesitou na resposta.

— O mais possível — disse.

— Isso então só o enobrece — riu *Lord* Ernest — tal como me dá valor, embora nunca tenha tido a honra de conhecer o mestre. Nem me cabe dizer qual é o discípulo mais valioso. Talvez, no entanto, agora que o seu amigo está algemado e que você se encontra à minha mercê, isso me dê alguma vantagem temporária?

E a sua cara abriu-se noutro amplo sorriso, com o bigode todo revirado. E, desta vez, pude vê-lo não já à luz da vela, mas devido a um relâmpago que rasgou o céu.

— De momento está em vantagem — admitiu Raffles. — Mas ainda tem de deitar as mãos aos seus, ou aos nossos, bens. Para os obter, não é preciso matar-me. Acabar connosco só iria agravar os seus problemas e levá-lo à desgraça. Só motivos de força maior o levariam a colocar-se a si próprio em risco. Contudo, uma hora ou duas atrás, quando sucedia exatamente o oposto...

Não consegui ouvir o resto do discurso de Raffles devido ao estrondo do trovão. O estrondo, porém, foi grande, o que anunciava a aproximação da borrasca. No entanto, quando o eco ribombante desapareceu, continuei a ouvir Raffles a falar como se nunca tivesse interrompido.

— O senhor ofereceu-nos uma parte — estava ele a dizer. — A não ser que seja sua intenção matar-nos a ambos a sangue-frio, teria todo o interesse em fazer uma nova oferta. Nós podemos vir a ser inimigos perigosos; seria de longe muito melhor que fizesse de nós dois amigos.

— Mostre o caminho para o seu apartamento — respondeu *Lord* Ernest, gesticulando com o revólver — e talvez possamos falar disso. Julgo que me compete indicar as condições. Vamos lá, então, antes de começar a chover a sério.

A chuva tinha começado a cair em grossas gotas, enquanto ele falava e, à luz de um outro relâmpago, pude ver Raffles a apontar para mim.

— Então e o meu amigo? — perguntou.

Ouviu-se o trovão.

— Oh, ele está bem — replicou o facínora. — Faz-lhe bem! Além de que não quero ficar em desvantagem, na posição de dois contra um.

— Vai ver que é igualmente difícil — retorquiu Raffles — persuadir-me a deixar o meu amigo à mercê de uma noite como esta. Ele ainda não recuperou do soco que lhe deu nos seus aposentos. Não sou tão parvo que o vá culpar disso, mas ficaria com uma péssima impressão sua se não tivesse o *fair-play* de o libertar. A verdade é que se ele ficar, eu também fico.

Assim que o trovão se extinguiu, a voz de Raffles ouvia-se distintamente perto de mim; mas às escuras e debaixo de chuva, que agora caía como granizo, eu não conseguia ver nada claramente. A chuva já tinha apagado a vela pelo que ouvi uma praga de Belville, uma gargalhada de Raffles e, por um breve momento, foi tudo. Raffles estava a dirigir-se para mim, e o outro nem podia ver para disparar; isso era tudo o que eu sabia, enquanto a chuva caía torrencialmente e antes de surgir um novo relâmpago.

E então...

Desta vez vieram juntos e, até à hora da minha morte, jamais esquecerei aquela cena que o relâmpago iluminou e o trovão aplaudiu. Raffles estava sobre um dos parapeitos e, à luz espectral da trovoada, vi-o caminhar sobre o abismo com a tranquilidade de quem passeia por um atalho no jardim. A largura do parapeito era mínima. E olhando na vertical, via-se o fundo acimentado do saguão, lá muito em baixo, sinistramente iluminado pelos clarões do céu. Ouvi Raffles rir-se junto ao meu ouvido; tinha-se agarrado ao corrimão de ferro e encontrava-se já numa posição segura. *Lord* Ernest Belville, pelo contrário, quando se preparava para saltar para o local onde estávamos, tropeçou no parapeito, ficando com o pé em falso. Ouviu-se uma exclamação abafada e um murmúrio de agonia e, finalmente, um baque que me deixou petrificado. Ainda hoje sinto um calafrio ao lembrar-me desse som. Logo a seguir, um imenso clarão, acompanhado por um imediato estrondo, mostrou-nos o corpo do nosso inimigo lá ao fundo, com uma mão branca aberta como uma estrela--do-mar e a cabeça misericordiosamente torcida por baixo do corpo.

— Pobre diabo! Precipitou-se! Que Deus o perdoe e a nós... Controle-se, Bunny, senão ainda cai. Deixe-se estar aí até acalmar.

Fiquei, por uns momentos, sozinho. Após a tragédia não se ouviu qualquer som invulgar, não se escutou qualquer voz, nem sequer se abriu alguma janela — apenas a trovoada. Depois Raffles chegou com sabão e água e a algema saiu do pulso como se tira um anel do dedo que engrossou de mais. Do resto, só me lembro de tremer até de manhã num apartamento escuro, cujo ocupante inválido era, para variar, o enfermeiro e eu o seu doente.

E este é o final verdadeiro do acontecimento que foi termos conseguido apanhar um fulano da nossa laia. E, de facto, a parte mais fiel de uma narrativa onde toda a verdade não foi dita. Ao fim e ao cabo, não é coisa que me agrade salientar as responsabilidades de Raffles no sucedido, nem me proporciona particular satisfação descrever as minhas duas humilhações ou a morte, para que não contribuí, de um patife simpático. A verdade, porém, tem as suas vantagens, embora os parentes do *Lord* Ernest não tivessem muito a ganhar com a sua divulgação. Parece que, afinal, eles conheciam melhor, do que em Exeter Hall, o verdadeiro carácter do apóstolo da «Temperança no Beber». A tragédia foi, na verdade, silenciada, como acontece com as tragédias que ocorrem em tais círculos. Contudo, os boatos que se espalharam sobre o que estaria a fazer o desgraçado do patife, momentos antes da sua morte, dificilmente foram mitigados, pois estavam associados aos escândalos que ocorriam nas mais respeitáveis residências de Kensington.

Uma velha chama

— I —

Não citarei o nome da praça, mas, alguma vez que o leitor siga para oeste de Picadilly, o cocheiro encontrá-la-á voltando à esquerda e agradecer-lhe-á a meia-coroa que lhe der. Não é uma praça conhecida, mas poucas há com melhores jardins, enquanto que os estúdios do lado sul lhe emprestam um outro tipo de distinção. As casas, porém, são pequenas e sombrias, não satisfazendo o interesse de um profissional experimentado que procure abrigo. Deus sabe que não foi com tais pensamentos que eu arrastei Raffles para aí, numa tarde infeliz de final de época, numa altura em que o Dr. Theobald começava só então a insistir num ponto para o qual eu, desde o início, sempre chamara a atenção: a utilização, pelo «doente», de uma cadeira de rodas. As árvores murmuravam no jardim e os suaves relvados pareciam tão convidativos que perguntei a mim próprio se alguns residentes filantrópicos não poderiam ser induzidos a nos emprestarem as chaves. No entanto, Raffles não quis escutar a sugestão, quando me detive para a fazer e, o que foi pior, em vez disso encontrei-o a olhar avidamente para as pequenas casas.

— Que varandas, Bunny! Levanta-se uma perna e entra-se!

Expressei a convicção de que nada valeria a pena ser roubado naquela praça, mas tive o cuidado de o ter sob controlo enquanto falava.

— Ouso dizer que tem razão — suspirou. — Haverá talvez anéis e relógios, mas não seria decente tirá-los a pessoas que vivem em casas como estas. E, mesmo assim, não sei... Por exemplo, aqui está uma casa algo diferente. Pare, Bunny; se não para, seguro-me às grades! Esta é uma casa boa. Olhe para o batente e para a campainha. Aqui há dinheiro, meu velho! Até aposto que há um serviço de prata na sala; e as janelas estão todas abertas. E repare nos candeeiros, com a breca!

Como tinha mesmo de parar, fi-lo do outro lado da rua, à sombra das frondosas trepadeiras e, enquanto Raffles falava, as janelas iluminadas do rés do chão do outro lado mostravam uma simpática mesa de jantar devidamente guarnecida, com um homem sentado à cabeceira a beber o seu vinho e as costas de uma senhora em vestido de noite viradas para nós. Era como uma fotografia projetada num écran. Só lá estavam os dois, mas na mesa distinguia-se o brilho das pratas entre o tom álacre das flores. A criada esperava com o ar indefinível típico de uma boa criada. Parecia tratar-se realmente de uma boa casa.

— Ela vai baixar os estores! — murmurou Raffles no auge da emoção. — Não, diabos os levem, disseram-lhe para deixar estar. Repare no colar dela, Bunny, e calcule o seu valor. Ele tem um ar abrutalhado. Mas gosto da decoração da mesa e isso é trabalho dela. Ela tem o gosto; mas ele deve ter o dinheiro. Vê o quadro por cima do aparador? Parece-me um Jacques Saillard. Mas o serviço de prata já era bastante bom para mim.

— Esqueça isso — repliquei. — Está numa cadeira de rodas. — Mas toda a gente está a jantar! Podíamos tomar a iniciativa. Não levava tempo nenhum!

— Com aqueles estores subidos e a cozinheira lá em baixo na cozinha?

Ele acenou, inclinando-se para a frente na cadeira de rodas, com as mãos na manta que lhe tapava as pernas.

— Deve estar louco — exclamei.

E agarrei as pegas para o empurrar, mas, quando o fiz, senti que a cadeira estava leve.

— Tome conta da manta — disse-me num murmúrio, já de pé, no meio da rua.

Lá estava o aparente inválido, com o rosto pálido brilhando com um ar travesso e resoluto.

— Só vou ver se aquela mulher tem um serviço de prata... Nós não o queremos...

— É só um minuto...

— É uma loucura, uma loucura...

— Então não fique à espera!

Era mesmo próprio dele deixar-me assim e, desta vez, tomei-o à letra, já que as minhas palavras não tinham surtido qualquer efeito. Considerei-o louco e podia repeti-lo sob juramento. Ele estava a atuar próximo de casa. Podíamos ser vistos ou saberem de nós pela vizinhança. Se alguém viesse reclamar, pô-lo-ia em contacto com o Dr. Theobald. «Então não é espantoso? O senhor Maturin é um dos seus doentes e eu era o seu enfermeiro. Nunca antes me tinha fugido.». Ouvia-me a mim próprio a dar estas explicações à entrada da porta e a apontar para a cadeira de rodas vazia como prova, enquanto a bonita criada de sala chamava a polícia. Seria uma questão muito mais séria para mim do que para o doente a meu cargo. Eu perderia o meu lugar. Não, ele nunca fizera tal coisa antes, e eu assumiria a responsabilidade de que nunca mais voltaria a fazê-lo.

Via-me a conduzir Raffles de volta para a sua cadeira, com uma mão firme e com palavras rudes. Ouviria os seus agradecimentos ditos em murmúrio a caminho de casa. Era o espaço confinado donde eu o trouxera e era para aí que estava ansioso por levá-lo, pois lá podia controlar-lhe os movimentos. Depois de, em segundos, ter arquitetado uma justificação para o estranho procedimento do meu «doente», senti-me suficientemente seguro para observar Raffles sem muita ansiedade. E valia a pena observá-lo. Ele tinha subido ousada mas suavemente a escadaria que dava para a porta da frente e aí estava ele ainda à espera, pronto para tocar se a porta se abrisse ou aparecesse alguém e, sem dúvida, para fingir que já tinha acabado de tocar. Mas não iria sequer tocar. De repente, vi o seu pé na caixa do correio e a sua mão esquerda no lintel, por cima da cabeça. Era emocionante de ver, mesmo para um cúmplice endurecido e com uma justificação na ponta da língua, no caso de haver problema... Apoiando-se na mão esquerda, deu um pequeno impulso ao corpo e, com o braço direito esticado, alcançou com segurança o parapeito inferior da varanda.

Olhei para baixo e respirei de alívio. A criada estava a tirar as migalhas de pão de cima da mesa e a praça continuava deserta. Era uma sorte estarmos no final de época! A maioria das casas permanecia às escuras. Olhei outra vez para cima e Raffles estava a passar a perna esquerda por cima do corrimão da varanda. Logo a seguir, desapareceu através de uma das janelas francesas que abriam para a varanda. Para cúmulo, abriu a luz. Não satisfeito com isto, reapareceu na varanda fazendo vénias como um saltimbanco e envergando uma máscara.

Afastei-me com a cadeira vazia, mas voltei para trás. Não podia abandonar o velho Raffles, mesmo quando sentia vontade de o fazer. Tinha de arranjar novas justificações para toda aquela loucura. Apoiar-me-ia, naturalmente, nas doutas opiniões do Dr. Theobald. «Ora vejamos... Os ladrões não andam de cadeira de rodas...» Teria também de arranjar uma desculpa para a máscara. Entretanto, Raffles tinha-se retirado da varanda e agora podia vê-lo a espreitar para um gabinete do outro lado da sala. Era como na ópera *Aida*, quando decorrem simultaneamente duas cenas, uma na masmorra, outra no templo. Da mesma maneira, a minha atenção estava agora dividida entre a figura de Raffles a mover-se furtivamente na sala de cima e a do marido com a mulher na de baixo.

De repente, enquanto o homem voltou a encher o seu copo com um encolher de ombros, a mulher empurrou para trás a sua cadeira e dirigiu-se para a porta. Raffles estava de pé, diante da lareira lá em cima. Tinha pegado numa das fotografias emolduradas que estavam sobre a lareira e examinava-a cuidadosamente com fatal lentidão. Apresentava um estranho aspeto, com aquele horrível carapuço que lhe tapava a cara. Iria precisar dele, afinal de contas. A dama abandonara a sala de baixo, fechando a porta atrás de si. O homem estava a encher mais uma vez o copo. Eu teria gritado o meu alerta a Raffles, que se encontrava tão despreocupado lá em cima, não fora ter notado a presença de um guarda caminhando lentamente para o lado da praça em que me encontrava. Não havia nada a fazer a não ser deitar um olhar melancólico à cadeira de rodas e ir perguntar as horas ao polícia. Teria de arranjar um pretexto qualquer que justificasse uma demorada presença minha ali, à noite. A situação apresentava-se complicada. No local onde estava o guarda, dificilmente se aperceberia do que se estava a passar. Todavia, à medida que se ia aproximando, ouviu-se de súbito uma exclamação abafada de uma mulher, após ter aberto uma porta. Quando esses sons me chegaram aos ouvidos, o meu olhar fixou-se numa imagem que jamais esquecerei.

Raffles encarava um mulher morena e elegante cuja linha regular de sobrancelhas, nariz, lábios e queixo perfeito formavam um perfil mais próprio de uma escultura do que de uma pessoa. Como se fosse de mármore, ou melhor, de pálido bronze, ficou imóvel, à exceção do peito, que arfou um pouco. Fitava aquele intruso mascarado com uma coragem que Raffles, por certo, admiraria. Durante uns momentos, fitaram-se sem proferir palavra, com tão serena audácia que eu próprio estava espantado. Até que, enquanto ele permanecia ainda imóvel com a fotografia emoldurada na mão, ela, numa atitude de desprezo, dirigiu-se com determinação, não para a porta ou para a campainha, mas para a janela aberta por onde Raffles tinha entrado. O maldito guarda estava próximo e eu comecei a imaginar as proporções do sarilho que se avizinhava. Até então nenhuma palavra tinha sido trocada entre o par. Mas, nessa altura, Raffles disse alguma coisa, não pude ouvir o quê, mas ao som da sua voz a mulher voltou-se. E Raffles olhava humildemente para a sua cara, com a máscara arrancada.

— Artur! — exclamou ela; e essa exclamação pôde ser ouvida na praça.

Então, ficaram ambos a contemplar-se, já sem rigidez. Entretanto, a porta da rua abriu-se e voltou a fechar-se. Era o marido a sair de casa, uma bela figura de homem, mas com aspeto de estroina e com o passo cambaleante do etilizado. Um quadro que fazia perder o encanto da imagem anterior. A sua mulher veio à varanda, depois olhou para trás, para a sala, e mais uma vez para a rua e, desta vez, vi-lhe a cara. Tinha a expressão de alguém que vira Hipérion e olhava agora um sátiro. E então reparei no brilho da aliança, quando a sua mão se apoiou gentilmente no braço de Raffles.

Desapareceram daquela janela. As suas cabeças apareceram por um instante na outra ao lado. Então desapareceram de vista e acenderam a luz de uma sala interior. A criada subiu com o café e a patroa foi à porta, ao seu encontro, voltando depois a desaparecer. A praça estava deserta como sempre. Permaneci alguns minutos onde estava. De vez em quando, parecia-me que ouvia vozes na sala das traseiras. Mas não estava muito certo.

O meu estado de espírito pode ser imaginado por aqueles leitores que se interessem pelo meu perfil psicológico. Não me diverte colocar-me no lugar de Raffles. Ele fora finalmente reconhecido, saíra do mundo dos fantasmas para voltar à vida. Só uma pessoa o sabia até agora, e essa pessoa era uma mulher, e uma mulher que em tempos tinha gostado dele, conforme estivera patente na sua face. Guardaria ela o segredo? Dir-lhe-ia ele onde vivia? Era terrível pensar que éramos vizinhos, mas com este pensamento acudiu-me outro que aligeirou a minha aflição. Ele não iria dizer-lhe onde morava. Eu conhecia-o bem de mais. Ele correria para ali sempre que pudesse, mas sem mim nem a cadeira de rodas, para que a sua presença não fosse notada. Empurrei o diabo da cadeira para a esquina mais próxima. Não haveria problemas se esperasse por ele. Por fim, lá apareceu.

Caminhava rapidamente. Tal como eu calculara, não desempenhara o papel de inválido perante ela; porém, ouvi-o chamar-me com entusiasmo quando virou a esquina, e deixou-se cair na cadeira com um longo suspiro que me deixou aliviado.

— Bom trabalho, Bunny... bom trabalho! Aparentemente estou a caminho de Earl's Court; ela é capaz de me seguir, mas não me procurará numa cadeira de rodas. Vamos depressa para casa e nem uma palavra até lá chegarmos!

— Capaz de o seguir?

Ela alcançou-nos antes de termos passado as casas do lado sul da praça, vestindo uma capa com capuz. Mas não nos prestou atenção.

Vimo-la encaminhar-se na direção de Earl's Court, justamente para o lado oposto da nossa casa. Raffles agradeceu aos seus deuses com um tom de voz emocionado e, cinco minutos mais tarde, estávamos no apartamento. Ao contrário do que era habitual, foi Raffles quem procurou os cigarros e encheu os cálices de *cognac*, bebendo de um só trago todo o conteúdo, coisa que também não era comum nele.

— Não assistiu à cena da varanda? — perguntou finalmente.

Eram as primeiras palavras desde que a mulher passara por nós, tentando encontrá-lo.

— Refere-se a quando ela entrou?

— Não, quando eu desci.

— Não vi.

— Espero que mais ninguém tenha visto — replicou Raffles com ansiedade. — Estou mesmo a ver, Bunny, que você se lembrou da cena do *Romeu e Julieta*.

Ele fixava a carpete com ar ausente de um enamorado.

— Uma velha chama? — inquiri gentilmente.

— Uma mulher casada — rosnou.

— Assim me pareceu. Mas já a conheci nessa situação, Bunny — retorquiu com uma voz rouca. — É esse o problema. É aí que bate o ponto!

Compreendi o problema, mas expliquei-lhe que não entendia porque continuava a ser um problema. Ao fim e ao cabo, enganara a dama. Não lhe tinha dado uma falsa morada? Teríamos de redobrar as precauções, mas não via motivo para imediata preocupação. Até utilizei esta expressão típica do Dr. Theobald, mas Raffles não sorriu. Os seus olhos fixavam um ponto qualquer do chão enquanto eu falava. Quando, por fim, me fitou, compreendi que estivera a falar para ouvidos moucos.

— Sabe quem ela é? — perguntou.

— Não é a Eva.

— Jacques Saillard — respondeu, como se a partir dessa resposta tudo ficasse claro para mim.

Mantive-me frio e impassível. Já ouvira algures esse nome, mas era tudo. Concordo que fosse uma ignorância lamentável, mas especializara-me em Letras e não em Artes.

— Deve conhecer as pinturas dela — explicou Raffles pacientemente. — Acreditou possivelmente que se tratava de um homem. Havia de gostar delas, Bunny; aquele quadro por cima do aparador é um trabalho dela. Algumas vezes expõem-na na Academia, outras vezes evitam-na. Ela tem um estúdio na mesma praça. Antigamente viviam perto do Lord's.

O meu espírito estava ocupado em avivar uma esbatida recordação de ninfas refletidas em lagos de bosques.

— Claro! — exclamei.

E acrescentei qualquer coisa sobre uma «mulher inteligente». Raffles excitou-se com a frase.

— Uma mulher inteligente! — repetiu com desdém. — Se ela fosse só isso eu estaria seguro como uma rocha. As mulheres inteligentes não podem omitir a sua inteligência; embriagam-se com ela como os rapazes com o vinho e são tão perigosas como estes. Eu não chamaria inteligente a Jacques Saillard, à exceção da sua arte. Mas também nem sequer a chamaria mulher. Ela faz trabalho de homem, sob um nome de homem e tem uma força de vontade rara em muitos homens. Não tenho vergonha de lhe dizer que a temo mais do que a ninguém. Rompi com ela uma vez — continuou Raffles com ar lúgubre —, mas conheço-a. Se me tivessem pedido para indicar a única pessoa em Londres com a qual eu não gostava de cair em desgraça, eu teria dito Jacques Saillard.

Que nunca antes me tivesse falado dela era tão característico de Raffles como a sua reticência quanto a referir-se às suas relações passadas. Nem mesmo contara a conversa que tivera com ela, nessa noite, na sala das traseiras. Para ele, era uma questão de princípio. Outro princípio que habitualmente enunciava, e que eu gostava de recordar, era «Nunca desprezar uma mulher.» E repetia-o agora, com ar soturno, como se o seu cavalheirismo fosse severamente posto em causa.

— Está certo — respondi-lhe — se você próprio não for desprezado.

— É precisamente isso, Bunny! É precisamente...

As palavras tinham sido ditas e já era demasiado tarde para as apagar. Eu pusera o dedo na ferida.

— Então ela ameaçou-o — inquiri — não foi?

— Não disse isso — replicou friamente.

— E é casada com um labrego! — prossegui.

— Como se foi casar com ele — admitiu — é um mistério para mim.

— É sempre — retorqui, assumindo e desfrutando o papel de homem sábio.

— Sangue latino?

— Espanhol.

— Ela vai insistir para você, meu velho, fugir com ela. — concluí.

Raffles passeava pela sala. Parou a sua caminhada por um breve momento. Então ela já o tinha começado a importunar! É maravilhoso como um tolo pode ser tão perspicaz nos assuntos do seu amigo. Mas Raffles continuou o seu caminho sem uma sílaba e eu procurei ser mais prudente nas minhas intervenções.

— Então mandou-a para Earl's Court — meditei em voz alta.

Finalmente, sorriu.

— Vai ter interesse em saber, Bunny, disse-lhe que eu agora estou a viver em Seven Dials e que Bill Sikes não daria um tostão furado por mim. Imagine só que ela tinha o meu cadastro na ponta da língua, o que era bem pouco comparado com a história que lhe contei. Que estava bem escondido. Que dividia as minhas noites entre os parques públicos e um covil de ladrões em Seven Dials. Se estava decentemente vestido era porque roubara o fato na noite anterior em Thames Valley. Que aquela praça adormecida e a sua janela aberta foram uma tentação para mim. Devia ter-me ouvido pedir-lhe para que ela me mandasse para o diabo; aí estava a ser sincero. Garanti-lhe que o meu destino seria a forca.

— Foi um pouco longe! — exclamei.

— Era necessário e teve os seus efeitos. Deixou-me vir embora. Mas, antes de sair, disse-me que não acreditava que eu estivesse em tão mísera situação. Nessa altura, deu-se a cena da varanda a que você não assistiu.

Então isso era tudo. Não pude deixar de lhe dizer que se tinha saído melhor do que merecera por lá se ter metido. Logo a seguir arrependi-me da afirmação.

— Se é que me consegui safar! — retorquiu Raffles com ar de dúvida. — Somos perigosamente vizinhos e eu não posso atuar como gostaria, pois tenho o velho Theobald à perna. Penso que o melhor é ficar quieto e agradecer de novo aos deuses por ela estar, por enquanto, fora de cena.

Sem dúvida que a nossa conversa prosseguiria por mais algum tempo se o toque da campainha não nos viesse interromper.

— Será o médico? — perguntei, tentando debelar o pânico.

— Foi só um toque.

— Será o carteiro?

— Não é o toque dele. Além de que já passa muito da hora de distribuição.

A campainha voltou a tocar, desta vez com insistência.

— Vá ver quem é, Bunny — pediu Raffles, com ar decidido.

Os seus olhos brilhavam. O seu sorriso era firme.

— O que é que eu digo?

— Se for a senhora deixe-a entrar

Era a senhora, ainda com a capa e com a bela cabeça escura meio escondida pelo capuz. Uma expressão de contentamento substituiu a de zanga. Era ainda mais bela do que eu pensava, uma beleza a que não faltava o ar atrevido. Quando vim prontamente à porta não me apercebi da sua incontida ira. Longe de mim querer barrar o caminho à senhora. Sem me dirigir palavra, contudo, entrou como um furacão pelo estreito corredor, obrigando-me a encostar à parede para não ser atropelado, e dirigiu-se sem hesitações para a sala.

— Então é aqui o teu covil de ladrões! — gritou ela, num tom agudo.

Eu estava na soleira da porta e Raffles olhou para mim com as sobrancelhas levantadas.

— Certamente que já tive outrora melhores aposentos — replicou. — Mas não vejo necessidade em dar-lhes um nome tão absurdo na frente do meu criado.

— Então manda o teu «criado» tratar da sua vida — disse Jacques Saillard, acentuando aquela palavra com desprezo.

Quando a porta se fechou sobre mim, ouvi Raffles assegurar-lhe que eu não estava ao corrente de nada, que era um verdadeiro doente que sucumbira a uma súbita e louca tentação e que tudo o que lhe contara da sua vida era uma mentira para ocultar o seu paradeiro. Não obstante, agora estava a contar-lhe a verdade, conforme poderia verificar pelos seus próprios olhos. Parecia, no entanto, que ela já estava ao corrente desta versão, quando falou com o porteiro do prédio, antes de subir. Julgo, porém, que se estava nas tintas quanto à veracidade das histórias.

— Então pensaste que eu passava por ti, mesmo sentado na cadeira de rodas — exclamou —, sem que o meu coração dissesse que eras tu que estavas ali?

— II —

— Bunny — pediu Raffles — lamento terrivelmente, meu velho, mas tem de se ir embora.

Tinham passado algumas semanas desde a primeira visita íntima de Jacques Saillard, mas tinha havido muitas outras a todas as horas do dia. Raffles, por seu turno, foi convidado a retribuir a visita, pelo menos uma vez, ao estúdio dela sito na praça vizinha. Ele tinha aguentado estas intrusões, ao princípio, com ar de resignação bem-humorada que a mim não me enganava. A mulher tinha, apesar de tudo, boas intenções, dizia ele, e podia-se confiar nela para guardar fielmente o segredo. Estava claro para mim, no entanto, que Raffles não confiava nela e que a sua ostensiva despreocupação não passava de uma aparência para esconder a sua total dependência em relação a ela. A prova disso estava em que, apesar de tudo, procurava iludir a mulher que conhecia a sua verdadeira identidade. Raffles pensava que valia a pena enganar Jacques Saillard quanto à sua saúde. Para tal efeito, contava com a involuntária cumplicidade do Dr. Theobald. Tentava também convencê-la de que eu era realmente o seu enfermeiro, e tão ignorante do seu passado como o seu próprio médico.

— Portanto, não há problema consigo, Bunny — assegurara-me. — Ela pensa que você não estava ao corrente do que fiz em casa dela. Como vê, já lhe tinha dito que ela não era uma mulher inteligente, à exceção do trabalho. Mas tem uma força de vontade!...

Respondi a Raffles que era muita consideração da parte dele manter-me fora do sarilho, embora me parecesse que isso fosse como pôr trancas à porta depois de casa roubada. A sua resposta foi a admissão de que se deve estar na defensiva com tal mulher, tendo em conta as circunstâncias. Pouco tempo depois, sentia-se pior de «saúde» e caiu à cama. Era uma subtileza de Raffles que me permitia, corroborado pelo Dr. Theobald, afastar qualquer pessoa do contacto direto com o doente e, nomeadamente, afastar do convívio Jacques Saillard sem que tal facto lhe despertasse suspeitas. Com isso, conseguimos um dia de paz. As tréguas acabaram, no entanto, com a chegada sucessiva de missivas e com a presença mais frequente do médico. Até que finalmente se deu o meu despedimento com as incríveis palavras com que iniciei o capítulo.

— Embora? — repeti. — Embora para onde?

— É aquele asno do Theobald — disse Raffles. — Ele insiste.

— Para que me vá embora?

Ele acenou que sim com a cabeça.

— Você permite isso?

Não tinha palavras que traduzissem a minha mortificação e desgosto, embora nenhuma delas fosse suficiente para exprimir a minha surpresa. Pensara em quase todas as consequências possíveis do insensato ato de Raffles, mas uma separação voluntária entre nós certamente que nunca entrou nos meus cálculos. Nem podia imaginar que isso lhe tivesse ocorrido antes da última visita do nosso insigne doutor naquela manhã. Raffles estava encostado à almofada e parecia exasperado quando deu as notícias. Soergueu-se um pouco, com ar compadecido.

— Sou obrigado a obedecer ao tipo — acrescentou. — Libertou-me da minha amiga e eu sou forçado a agradar-lhe. Posso dizer-lhe que você foi o nosso assunto de conversa, Bunny. Mas não consegui demovê-lo. Aquele idiota, desde o princípio, manifestou sempre má vontade contra si. Pôs-me as facas ao peito: ou ele ou você!

— Portanto, ele vai continuar a assisti-lo, não vai?

— Parece que sim — respondeu Raffles, olhando para mim com rudeza — Até agora, ele tem-me protegido sempre que é preciso, permitindo que eu resolva os problemas com facilidade. Você nem imagina, Bunny, estas últimas semanas; o meu espírito cavalheiresco impede-me de as descrever. A questão é esta: não é melhor safar-se mesmo contra a sua vontade ou prefere ver o seu nome nos jornais, a contas com a polícia? Foi esse dilema que tive de resolver. A solução temporária foi cair doente. De facto, estou doente. O que me diz disto? Tinha o dever moral de o pôr ao corrente da situação, Bunny, mesmo contra os meus interesses. Ela gostaria de me levar «para o Inferno querido e quente, onde o Sol brilha realmente» e «tomaria conta de mim na vida e no amor»! O temperamento artístico é uma coisa terrível, Bunny, numa mulher com uma vontade do diabo!

Raffles rasgou a carta da qual tinha lido aqueles excertos picantes e encostou-se à almofada com o ar cansado do verdadeiro inválido que parecia querer representar. A verdade, porém, é que tinha o ar de se sentir às mil maravilhas na cama. E eu explorei esse facto, argumentando que, mais do que nunca, e apesar da opinião em contrário do Dr. Theobald, se justificava a minha permanência. Disse-lhe que havia uma epidemia de febre tifoide na cidade. Seria acaso o momento oportuno de eu o deixar, quando ele corria o risco de adoecer a sério?

— Você bem sabe que é a contragosto, meu bom amigo — retorquiu Raffles com fadiga. — Mas essa é a vontade do Theobald e não me posso permitir, nesta altura, contrariá-la. Não que eu realmente me importe com o que me possa acontecer, agora que aquela mulher sabe que, afinal, estou vivo. Ela vai espalhar essa notícia aos quatro ventos. E seguramente vai arrastar consigo uma entidade de que tenho escapado sempre: a polícia. O que pretendo é que você parta e se ponha a bom recato. E, quando a tempestade rebentar, conto consigo para me arranjar um refúgio

— Assim é que é falar! — exclamei, recuperando a alegria. — Estava a pensar que você me mandava embora e que nunca mais me queria ver.

— Você é muito dado a pensamentos soturnos — acrescentou Raffles, compartilhando da minha alegria e tranquilizando-me. —

Não, meu caro Bunny, o que pretendo é que você arranje um novo poiso para si e para mim. Procure um esconderijo sossegado junto ao Tamisa, um daqueles que só é alugado por intelectuais. Tenho pensado muitas vezes que nos seria mais útil um barco... Se Raffles tem de voltar à vida, meu velho, será ao estilo de Raffles! Também nos convinha arranjar uma bicicleta. Tente Ham Common ou Roehampton ou qualquer outra bagatela num buraco desses; e diga que está à espera do seu irmão que vem das colónias.

Entrámos depois em aspetos mais pormenorizados do plano. Além de dispormos de fundos em quantidade suficiente e para uma vida razoavelmente confortável, Raffles colocou à minha disposição uma soma suficiente para os primeiros gastos. Com bom humor, indiquei que estávamos a precisar de verdes campos e novas pastagens. E não pensava isto em meros termos de retórica. Estava cansado da nossa vida clandestina naquele pequeno apartamento, especialmente agora que tínhamos dinheiro suficiente para horizontes diferentes. Eu próprio obtivera resultados financeiros apreciáveis com a venda a recetadores do saque de *Lord* Ernest Belville. Conseguira-o antes das complicações em que Raffles, por sua culpa e para irritação minha, se metera. Porém, o meu amigo estava a ser bem castigado por isso e eu sinceramente esperava que colhesse a devida lição de forma a, no futuro, ser mais comedido.

— Vamos lá ver se nos safamos, Bunny! — lamentou-se quando lhe peguei na mão e lhe disse que já estava ansioso por, em breve, nos voltarmos a encontrar.

— Mas claro que sim! — exclamei, ocultando a tristeza que as suas palavras de novo me provocavam.

— Não tenho a certeza disso — respondeu, soturnamente. — Estou nas garras de alguém e tenho de me libertar delas.

— Espero bem que o consiga.

— Bem — acrescentou. — Se não me vir dentro de dez dias já não me volta a ver.

— Só dez dias? — exclamei. — Isso não é nada.

— Pode acontecer muita coisa em dez dias — replicou Raffles, com um ar profundamente depressivo. Após o que me apertou a mão, em jeito de despedida.

Por fim, abandonei a casa com o desânimo na alma, incapaz de saber se Raffles estava realmente doente ou se apenas se encontrava altamente preocupado. Ao fundo das escadas, o causador do meu despedimento, esse abominável Theobald, abriu a porta e esperou por mim.

— Já vai? — perguntou.

A bagagem que transportava era prova disso. E deixei-a cair aos seus pés para pôr tudo em pratos limpos.

— Sim — respondi com ferocidade — graças a si!

— Bem, meu bom amigo — respondeu, ruborizado, embora no seu rosto transparecesse a sensação de alívio por me ver de partida.

— Não me dá nenhum prazer privar qualquer homem do seu emprego, mas você nunca foi um enfermeiro e sabe isso tão bem como eu.

Comecei a magicar no que ele queria dizer, se suspeitaria de alguma coisa, e as minhas cogitações mantiveram-me silencioso.

— Mas entre um momento — continuou, precisamente na altura em que eu chegara à conclusão de que ele não sabia de nada.

E, conduzindo-me para a sala de consultas, o Dr. Theobald presenteou-me solenemente com um soberano de ouro, em jeito de compensação. Naturalmente que o meti ao bolso, manifestando solene gratidão, como se não levasse comigo cinquenta moedas daquelas, o que, com efeito, levava. O bom do fulano esquecera-se da minha condição social, quando a isso me referi na altura da entrevista de admissão. Nunca se habituara a tratar-me como um cavalheiro e suponho que esse lapso era devido, tal como a sua falta de memória, aos copos que emborcava nas horas vagas, que eram muitas.

— Há uma coisa que gostava de lhe perguntar antes de me ir embora — disse-lhe, virando-me repentinamente já na soleira da porta. — Estará o Sr. Maturin doente, de facto?

Referia-me, claro, ao momento presente, mas o Dr. Theobald foi perentório na sua resposta.

— Claro que está — redarguiu. — Tão doente que precisa de um enfermeiro que seja, na verdade, um enfermeiro.

Com isso, a porta fechou-se-me na cara e tive de seguir o meu caminho, continuando com dúvidas sobre se ele tinha percebido o sentido da minha pergunta. E com dúvidas fiquei quanto à resposta, pois não sabia se ele estava ou não a mentir.

Todavia, sobre os meus receios a propósito desta questão, os dias que se seguiram trouxeram-me uma prazenteira resposta. Eu vestia roupas decentes, estava com dinheiro abundante e gozava de uma liberdade para o gastar que não usufruíra enquanto estivera na companhia constante de um homem cuja liberdade pessoal dependia da convicção geral de que estava morto. Embora Raffles mantivesse a sua faceta audaciosa, disposto a correr riscos para praticar um golpe, arrastando-me consigo, a verdade é que lhe estavam vedadas muitas diversões inocentes em locais onde poderia ser reconhecido. Não podia assistir a nenhuma partida no campo de críquete do Lord's, onde a equipa dos Gentlemen se ressentia da sua falta. Nunca podia viajar de comboio. Jantar fora era um risco a ser corrido só por ponderáveis motivos. Na verdade, a situação era agora muito diferente. Raffles já não podia mostrar impunemente a sua cara em qualquer lugar e a qualquer hora. Além disso, depois da lição que tinha agora recebido, as suas precauções iriam seguramente redobrar. E se, enquanto estivemos juntos, o que era bom para Raffles também era bom para mim, agora, sem a sua presença, não via razões para me sacrificar.

Tais eram as minhas reflexões quando seguia num excelente cabriolé a caminho de Richmond. Richmond revelara-se para nós como o melhor centro de operações para procurar nos arredores o refúgio que Raffles queria. E a melhor forma de chegar lá era numa confortável carruagem, por estrada. Aguardava que, o mais tardar, dentro de dez dias Raffles me escrevesse para uma posta-restante do correio de Richmond. Entretanto, contava gozar uma semana «por conta própria».

Não era uma sensação desagradável, refletia, enquanto me reclinara no assento confortável do cabriolé, usufruindo do prazer de ver a minha cara pelo espelho retrovisor e do silêncio dos rodados de borracha. Realmente, não era um jovem de mau aspeto, se é que nos podemos chamar assim aos trinta anos. Naturalmente que não possuía as características peculiares do rosto de Raffles. Mas eram essas características que o tornavam inconfundível. Eu podia ser confundido com centenas de jovens londrinos. Raffles só era parecido com Raffles. E, na presente situação, isso não era motivo para se sentir tranquilo. Por muito que custe aos moralistas, a verdade é que o meu período de reclusão não deixara marcas no rosto; além de acreditar que o mal que praticara não ficava impresso nas faces. De qualquer forma, fiquei impressionado ao ver a minha cara no espelho, refletindo bastante frescura e uma inocência que era acentuada pelo bigode cor de palha, mal aparado e algo incipiente. Estou persuadido de que, quem quisesse dar-se ao trabalho de analisar o meu rosto, jamais diria que eu tinha sido um presidiário. Em contrapartida, era capaz de detetar algum sinal de loucura.

Para todos os efeitos, não era uma cara que levasse as portas dos hotéis de primeira classe a fecharem-se sem uma razão de peso e foi com prazer que disse ao cocheiro para me conduzir ao Star and Garter. Também lhe pedi para ir pelo Richmond Park, embora ele me avisasse que, devido à distância a percorrer, a tarifa aumentaria. Era outono e eu observava maravilhado as cores da natureza. Aprendera com Raffles a apreciar tais coisas, mesmo no decorrer de qualquer ação.

Se abusei da paciência do meu leitor com esta prosa, a verdade é que isso é reflexo do desfrute de um prazer e porque os momentos felizes têm sempre pouca duração.

O Star and Garter era muito confortável e, como tinha poucos hóspedes, deram-me um quarto digno de um príncipe, de onde eu podia apreciar a paisagem mais bela do mundo (perdoem-me o patriotismo) logo pela manhã, enquanto fazia a barba. Entretanto, aproveitava para passear pelo nobre parque, pelos relvados de Ham e de Wimbledon. Num desses dias cheguei mesmo a ir até Esher, onde me veio à memória um serviço que em tempos tínhamos prestado a um residente distinto daquela deliciosa localidade. Porém, foi em Ham Common, um dos lugares que Raffles tinha mencionado com particular ênfase, que realmente encontrei um refúgio quase ideal. Era uma vivenda onde alugavam quartos no verão. A senhoria, que tinha um delicioso ar maternal, ficou realmente surpreendida por receber um pedido de aluguer para os meses de inverno. Mas, tal como eu sabia por experiência própria, o facto de me apresentar como escritor servia de excelente capa para comportamentos excêntricos, aliás esperados por parte do comum dos mortais, habitualmente indulgentes quanto às «manias» dos intelectuais. Desta forma, a senhora não manifestou qualquer espanto por lhe ter pedido um quarto virado a norte, com um armário com leite, costeletas de borrego e presunto frio para o caso de me dar a fome nos momentos de inspiração noturna. E assim, consolidei o meu estatuto de escritor. Escolhi os quartos, paguei adiantada e voluntariamente um mês de renda, dei-lhes uma limpeza. Entretanto, a semana chegava ao fim e aguardava a todo o momento o regresso de Raffles. Dado que não consumia os produtos que estavam no armário, expliquei à senhora que andava com falta de inspiração. E perguntei-lhe abruptamente se o borrego era da Nova Zelândia.

Deslocara-me três vezes em vão ao posto de correio de Richmond; quando chegou o dia ia lá quase de hora a hora. Mas, de Raffles, nem uma palavra. Regressei a Ham com horríveis pressentimentos e, logo no dia seguinte, após o pequeno-almoço, desloquei-me de novo a Richmond. Ainda lá não estava nada. Não aguentei mais. Às dez para as onze já trepava as escadas da estação de Earl's Court.

Era uma manhã tristonha, com uma névoa húmida cobrindo as ruas e colando-se à face numa carícia pegajosa. Era, na verdade, muito melhor viver em Ham. Quando entrei na rua onde estava o apartamento de Raffles, os edifícios perdiam os seus contornos e as chaminés escondiam-se no nevoeiro. À entrada da casa, encontrava-se um indistinto transporte que a princípio tomei por uma carrinha de um comerciante. Para meu horror vi que era um carro fúnebre e, de repente, o vapor que saía dos meus lábios cessou.

Tinha olhado para as nossas janelas e os estores estavam corridos. Precipitei-me para dentro do prédio. A porta do médico estava aberta. Entrei de rompante, sem bater, e fui encontrá-lo na sala de consultas com os olhos vermelhos e a expressão alterada. Trajava de negro da cabeça aos pés.

— Quem morreu? — explodi. — Quem morreu?

Os olhos vermelhos pareceram mais vermelhos quando o Dr. Theobald os abriu, espantado pela minha insólita presença; e foi terrivelmente lento a responder. Mas por fim respondeu e, contrariamente ao que esperava, não me espantou com a sua resposta!

— Sr. Maturin — disse num suspiro e com um ar profundamente abatido.

Fiquei mudo. Não era uma surpresa para mim. Durante este tempo todo, tinha pensado nisso. Mais: desde que andava com Raffles sabia que isso iria acontecer, mais cedo ou mais tarde. Só que afastava de mim tal pensamento. Raffles morto! Afinal, um verdadeiro doente! Raffles morto e pronto a ser enterrado!

— Do que morreu ele? — perguntei, inconscientemente mergulhado num resto de autocontrolo que os mais fracos parecem ter em reserva para os momentos difíceis.

—Tifoide — respondeu. — Há muitos casos de tifoide em Kensington.

— Então ele já a tinha quando me fui embora. E o senhor sabia! Foi por isso que me quis mandar embora!

— Meu bom amigo, fui obrigado a meter um enfermeiro mais experiente por essa razão.

O tom do médico era tão conciliador que me cheirou a falso, lembrando-me do charlatão que ele era. Fiquei subitamente com a vaga convicção de que me estava a iludir.

— Tem a certeza de que realmente foi a tifoide? — perguntei com rudeza, fitando-o. — Tem a certeza de que não foi suicídio... ou assassínio?

Confesso que vejo pouco interesse neste diálogo quando o estou a escrever, mas foi o que efetivamente disse numa explosão de dor e de atroz suspeita selvagem. De qualquer forma, teve efeito sobre o Dr. Theobald, que ruborizou violentamente desde o cabelo bem escovado até ao colarinho impoluto.

— Quer que o ponha na rua? — gritou.

De repente lembrei-me de que não poderia dar a aparência de ser um amigo íntimo de Raffles e de que, para seu bem, devia manter até ao fim esse desapego.

— Desculpe — repliquei, perturbado. — Ele foi tão bom para mim... eu liguei-me tanto a ele. Esquece-se de que eu, em tempos, pertenci à classe a que ele pertencia.

— Esqueci-me disso — replicou Theobald, parecendo aliviado com o meu novo tom. — E peço-lhe desculpa por isso. Espere! Estão a trazê-lo para baixo. Tenho de tomar uma bebida antes da cerimónia. O melhor é fazer-me companhia.

Não havia fingimento desta vez em relação à bebida. Tomámos uma bebida forte, que me deu um certo ânimo. Provocou-me um certo entorpecimento mental que me permitiu enfrentar os momentos seguintes, momentos que posso descrever sinceramente como os mais dolorosos de toda a minha existência. Tive muito pouca noção do que fiz. Só me lembro de me encontrar metido numa carruagem, perguntando a mim próprio porque ia tão devagar, até despertar de novo para a realidade. E atribuo mais à realidade do que à bebida o meu entorpecimento mental. Lembro-me, depois, de olhar para a cova aberta e para a pedra tumular para ver pelos meus próprios olhos o nome nela gravado. Claro que não era o nome do meu amigo, mas era aquele sob o qual se fazia passar há meses.

Encontrava-me ainda petrificado, vazio, perante aquela perda. O meu espírito recusava o que os meus olhos viam. Algures, ouvi um murmúrio, e flores, como flocos de neve, caíram sobre a cova. Levantei os olhos. Ao meu lado encontrava-se uma figura majestosa, toda de luto. O rosto estava cuidadosamente oculto por um véu, mas eu estava demasiado perto para não reconhecer a beleza altiva de quem o mundo conhecia como Jacques Saillard. Não sentia simpatia por ela; pelo contrário, o meu sangue ferveu com a vaga convicção de que, de algum modo, ela era a responsável pela sua morte.

Porém, era a única mulher presente — não éramos mais do que meia-dúzia de pessoas — e as suas flores foram as únicas.

A cerimónia melancólica estava terminada e Jacques Saillard partira, entretanto, numa carruagem alugada para a ocasião. Observei-a a afastar-se. Nessa altura avistei o meu próprio cocheiro que me fazia sinais através da neblina. Lembrei-me então de que lhe pedira para esperar. Fui o último a sair. Quando já tinha voltado as costas aos coveiros, que acabavam a sua tarefa, senti a pressão leve mas firme de uma mão sobre o ombro.

— Não quero fazer uma cena no cemitério — era um murmúrio simpático, quase confidencial. — É capaz de me acompanhar sossegadamente e entrar para a carruagem?

— Quem diabo é você? — exclamei.

Lembrava-me agora de ter visto o fulano a pairar por ali durante o funeral e, na altura, pensar que era o chefe dos gatos-pingados. Tinha realmente essa aparência e, mesmo agora, mal podia acreditar que fosse qualquer outra coisa.

— O meu nome não lhe diz nada — respondeu compassivamente. — Mas vai adivinhar de onde venho se lhe disser que tenho um mandado para a sua prisão.

Podem não acreditar na sensação que tive ao ouvir isto, mas dou-vos a minha palavra de honra de que raramente experimentei uma tão estranha satisfação. Só esta emoção poderia calar a minha dor, obrigando-me a pensar noutras coisas. Iria ser poupado à experiência de um solitário regresso para o retiro de Ham. Era como se tivesse perdido um braço e alguém me tivesse batido com tanta força na cara que a dor anterior ficava amortecida. Entrei para o carro sem uma palavra, seguido pelo meu captor, que deu as devidas instruções ao cocheiro antes de se sentar. A palavra «estação» foi a única que consegui apanhar e perguntei a mim próprio se iria parar a Bow Street. Porém, as palavras seguintes do meu acompanhante, ou antes, o tom em que ele as disse, deixaram-me completamente perplexo.

— Sr. Maturin! — disse. — O bom do Sr. Maturin!

— Bem — inquiri. — O que há com ele?

— Pensa que não sabíamos quem era?

— Quem era? — perguntei audaciosamente.

— O senhor deve saber — respondeu. — Também esteve preso por causa dele, da outra vez. Não me vai dizer que não sabia que era Raffles.

— Raffles, o verdadeiro Raffles — retorqui com indignação — está morto há anos.

O meu captor limitou-se a rir por entre dentes.

— Ele está no fundo do mar, asseguro-lhe!

Porém, não sei porque o tentava enganar com tanto empenho. O que é que isso agora adiantava? Fora seguramente uma reação automática. O instinto ainda era mais forte do que a razão e, mesmo após a sua morte recente, defendia com vigor o meu amigo Raffles como se ainda estivesse vivo. Ao tomar consciência deste facto, tive de me dominar, para que as lágrimas não corressem. Entretanto, o parceiro a meu lado ria-se.

— Quer que lhe adiante mais alguma coisa? — perguntou.

— Como quiser.

— Ele nem está no fundo do mar nem dentro da sepultura! Está tão vivo, como o senhor ou eu. O espetáculo do funeral não passou de mais um ato de velhacaria de Raffles.

Duvido que conseguisse falar, mesmo que tentasse. Não tentei. Não conseguia falar. Nem lhe perguntei se tinha a certeza, porque eu próprio acreditava cabalmente nisso. Estava tudo tão claro para mim como uma adivinha para que se encontrou a solução. O alarme do médico, a sua total falta de escrúpulos, a doença simulada, o meu próprio despedimento, tudo se encaixava no seu óbvio lugar; e nem mesmo a amargura que este último facto me provocara vinha diminuir a sensação de felicidade que sentira. Raffles estava vivo, e isso bastava-me!

— Ele está vivo! — exclamei. — Nada mais interessa... ele está vivo!

Por fim, perguntei se o tinham também apanhado; mas, agradecido como estava pela belíssima revelação, confesso que a resposta me deixaria indiferente. Já estava a calcular quanto tempo é que apanharíamos cada um e que idade teríamos quando saíssemos da prisão. Contudo, o meu companheiro inclinou o chapéu para a nuca, ao mesmo tempo que aproximava o seu rosto do meu, obrigando-me a olhar. Era Raffles, sem margem para dúvidas, ainda que soberbamente disfarçado. Caí das nuvens! E, no entanto, se os meus sentidos não estivessem obliterados pela dor, teria chegado a essa conclusão muito antes... Aquela voz, apesar de igualmente disfarçada, era inconfundível.

Jacques Saillard tinha-lhe feito a vida num inferno e este fora o caminho para resolver o problema. Raffles tinha comprado o médico por mil libras e o doutor tinha comprado um «enfermeiro» tão venal como ele. Por qualquer razão, o médico achara-me demasiado sério para poder confiar em mim. Daí, ter insistido no meu despedimento como condição prévia para participar na conspiração. Depois, os pormenores tornaram-se meio humorísticos, meio sinistros, à medida que Raffles me ia contando o resto da história. Num dado momento, tomara uma droga adequada para o deixar, conforme as suas próprias palavras, «tão morto como um homem precisa de estar»; mas deixara instruções rigorosas, para que ninguém, além do enfermeiro e do «seu dedicado médico», o pudesse «tocar nem que fosse com um dedo». Graças a esta sua última vontade, não houve qualquer dificuldade em encher a urna de livros. Na realidade, toda uma biblioteca fora impiedosamente enterrada em Kensal Green. Raffles tinha definitivamente decidido não me confiar o segredo, mas, condoído pela minha dor no cemitério (espetáculo que lhe dera particular satisfação), acabou por alterar a sua decisão. Se não fosse isso, estou absolutamente convencido de que cumpriria a sua promessa à risca. De qualquer forma, fiquei satisfeito por me aperceber de que o sentimento da amizade fora mais forte nele. O cabriolé, entretanto, entrou em Praed Street em direção a Paddington.

— E eu que pensava que você tinha dito Bow Street! — exclamei. — Vem comigo para Richmond?

— Pode ser — disse Raffles, embora tenha pensado em ir primeiro buscar a minha mochila, para dar o aspeto do irmão há muito ausente no mato. Não tive tempo de fazer a encenação habitual. O enterro foi mais demorado do que supus. Não tive tempo de lhe escrever uma carta, comunicando-lhe a minha chegada.

— Mas que vamos fazer? — perguntei, hesitante depois de ele pagar ao cocheiro. — Até agora tenho mantido a história das colónias!

— Oh, perdi a bagagem — respondeu. — Uma vaga entrou no meu camarote e destruiu tudo... Ou não consegui comprar nada quando desembarquei... Combinamos isso no comboio.